Tucholsky   Wagner   Zola   Scott   Schlegel
                 Wallace   Fonatne Sydow   Freud
    Turgenev
       Twain   Walther von der Vogelweide   Fouqué   Friedrich II. von Preußen
                 Weber   Freiligrath   Frey
Fechner   Weiße Rose   von Fallersleben   Kant   Ernst   Frommel
       Fichte   Hölderlin   Richthofen
          Engels   Fielding   Eichendorff   Tacitus   Dumas
    Fehrs   Faber   Flaubert   Eliasberg   Ebner Eschenbach
          Maximilian I. von Habsburg   Fock   Zweig
Feuerbach   Ewald   Eliot   Vergil
       Goethe   Elisabeth von Österreich   London
Mendelssohn   Balzac   Shakespeare   Ganghofer
       Trackl   Lichtenberg   Rathenau   Dostojewski
          Stevenson   Doyle   Gjellerup
Mommsen   Thoma   Tolstoi   Hambruch
       Thoma   Lenz   Hanrieder   Droste-Hülshoff
Dach   Verne   von Arnim   Hägele   Humboldt
    Karrillon Reuter   Rousseau   Hagen   Hauff   Gautier
             Garschin   Hauptmann
       Damaschke   Defoe   Hebbel   Baudelaire
                 Descartes   Hegel   Kussmaul   Herder
Wolfram von Eschenbach   Dickens   Schopenhauer   George
    Bronner   Darwin   Melville   Grimm Jerome   Rilke
       Campe   Horváth   Aristoteles   Bebel   Proust
Bismarck   Vigny   Barlach   Voltaire   Federer   Herodot
             Gengenbach   Heine
Storm   Casanova   Tersteegen   Grillparzer   Georgy
    Chamberlain   Lessing   Langbein   Gilm   Gryphius
Brentano   Lafontaine
    Strachwitz   Claudius   Schiller   Schilling   Kralik   Iffland   Sokrates
       Katharina II. von Rußland   Bellamy   Raabe   Gibbon   Tschechow
Löns   Hesse   Hoffmann   Gogol   Wilde   Vulpius
Luther   Heym   Hofmannsthal   Morgenstern   Gleim
    Roth   Heyse   Klopstock   Klee   Hölty   Goedicke
Luxemburg   Puschkin   Homer   Kleist
          La Roche   Horaz   Mörike
    Machiavelli   Kierkegaard   Kraft   Kraus   Musil
Navarra   Aurel   Musset   Moltke
    Nestroy   Marie de France   Lamprecht   Kind   Kirchhoff   Hugo
                 Laotse   Ipsen   Liebknecht
    Nietzsche   Nansen   Marx   Ringelnatz
von Ossietzky   Lassalle   Gorki   Klett   Leibniz
          May   vom Stein   Lawrence   Irving
Petalozzi
    Platon   Pückler   Michelangelo   Knigge   Kafka
    Sachs   Poe   Liebermann   Kock   Korolenko
       de Sade   Praetorius   Mistral   Zetkin

Der Verlag tradition aus Hamburg veröffentlicht in der Reihe **TREDITION CLASSICS** Werke aus mehr als zwei Jahrtausenden. Diese waren zu einem Großteil vergriffen oder nur noch antiquarisch erhältlich.

Symbolfigur für **TREDITION CLASSICS** ist Johannes Gutenberg (1400 — 1468), der Erfinder des Buchdrucks mit Metalllettern und der Druckerpresse.

Mit der Buchreihe **TREDITION CLASSICS** verfolgt tradition das Ziel, tausende Klassiker der Weltliteratur verschiedener Sprachen wieder als gedruckte Bücher aufzulegen – und das weltweit!

Die Buchreihe dient zur Bewahrung der Literatur und Förderung der Kultur. Sie trägt so dazu bei, dass viele tausend Werke nicht in Vergessenheit geraten.

Erinnerungen einer Schwiegermutter - Zweiter Band

Zweiter Band

George Robert Sims

Impressum

Autor: George Robert Sims
Übersetzung: F. Mangold
Umschlagkonzept: toepferschumann, Berlin

Verlag: tredition GmbH, Hamburg
ISBN: 978-3-8424-1424-2
Printed in Germany

Text der Originalausgabe

George R. Sims

Erinnerungen einer Schwiegermutter

Zweiter Band

1894

Zehnte Erinnerung.

Mein deutscher Schwiegersohn.

Es ist mir immer unbegreiflich gewesen, wie Jane, meine dritte Tochter, dazu gekommen ist, einen Ausländer zu heiraten. Ich habe gar nichts gegen Ausländer, aber ich kann nicht sagen, daß ich mir jemals hätte träumen lassen, die Schwiegermutter eines Deutschen zu werden.

Ihr werdet euch ohne Zweifel darüber wundern, daß weder meine älteste, noch meine zweite, sondern erst meine dritte Tochter meinen Namen trägt.

Das war lediglich die Folge meiner Schwäche, die mich Mr. Tressiders Wünschen nachgeben ließ. Unser lieber ältester Sohn wurde auf seines Vaters Wunsch nach ihm John getauft, und ich machte nicht die geringste Einwendung, obgleich ich einen etwas romantischeren Namen vorgezogen hätte. Ich weiß sehr wohl, daß einige berühmte Männer John heißen, aber man denkt doch bei dem Namen zu leicht an einen Bedienten oder Stallknecht.

Wenn ich im Theater eine Posse sehe, finde ich, daß der Bediente meist John gerufen wird. Immer heißt's: »John, ist dein Herr zu Hause?« oder: »John, wenn Besuch kommt, bin ich nicht zu sprechen,« und in den alten Bänden des »Punch«, die ich mir manchmal hervorsuche, heißt der Bediente auch immer John, besonders in den Bildern. Erst neulich nahm ich einige von meinen Enkeln in eine Nachmittagsvorstellung des Cirkus mit, und wunderbarerweise begleitete uns sogar Mr. Tressider. Da kam auch so'n albernes Ding vor, sie hatten's auf dem Zettel »Eine Reitstunde« genannt, wo eine Dame (natürlich ein verkleideter Mann) hereinkommt und Reitstunde nehmen will. Sie hat einen Bedienten bei sich, einen ganz schrecklich lächerlichen Menschen in roten Plüschhosen und einer roten Perücke, den ein Clown spielt, und der immer hinter ihr (ihm) herreitet und John gerufen wird.

Meine Enkel schrieen vor Lachen über das dumme Zeug, das dieser John vollführte, und dabei sahen sie immer ihren Großpapa an, stießen sich mit den Ellbogen in die Seite, und einmal hörte ich, wie

sie sich zuflüsterten: »Gerade so, wie Großmama immer mit Großpapa spricht.«

Kinder kommen wirklich auf zu sonderbare Gedanken. Ich habe
selbstverständlich niemals in der albernen Weise mit Mr. Tressider
gesprochen, wie diese Cirkusdame (Mann) mit ihrem (seinem) Reit-
knecht redete, aber sie hatten sich's in den Kopf gesetzt, und als ich
mich einmal während der Vorstellung an ihn wandte, um ihn zu
bitten, aufzustehen und die hinter uns befindliche Thür zu schließen, da es so zog, daß unsre Köpfe beinahe in die Reitbahn flogen,
und ich in etwas scharfem Tone »John« rief, weil er gerade nach der
andern Seite sah, da meine ich, die Kinder kriegten Lachkrämpfe.

Der Name war mir noch nie so lächerlich vorgekommen, und
noch lange Zeit nachher, wenn ich meinen Mann anreden wollte
und sein Name mir auf die Lippen kam, mußte ich an den Cirkus-
John denken, wie er in seinen roten Plüschhosen und seiner roten
Perücke auf dem Pferde saß, so daß ich den »John« nicht heraus-
bringen konnte und vorzog, »Mr. Tressider« zu sagen.

Ich wünschte immer, meinem ältesten Sohne einen hübschen,
romantischen Namen zu geben, einen, der ihn aus der gemeinen
Masse heraushöbe und der sich gedruckt schön ausnähme, für den
Fall, daß er berühmt werden sollte. Immer bin ich der Ansicht gewesen, daß die Eltern eine große Verantwortung auf sich nehmen,
wenn sie ihren Kindern Namen geben, denn sie müssen sie durch
ihr ganzes Leben tragen, es ist, als ob sie abgestempelt würden. Ich
hätte meinen Aeltesten gern Marmaduke genannt, aber Mr. Tressider machte einige einfältige Bemerkungen und behauptete, der
Name klinge, als ob er einer der Schauergeschichten, die immer im
Londoner Journal stehen, entnommen sei. Das mag so sein, jedenfalls aber klang er nicht nach dem Cirkusclown. Ich habe noch nie
einen Bedienten oder Stallknecht gefunden, der Marmaduke geheißen hätte.

»Der Junge soll meinen und meines Vaters Namen haben, der
schon seit vielen Geschlechtern in unsrer Familie üblich ist,« sagte
Mr. Tressider, und da ich mich wegen meines ersten Kindes am
Vorabend des Tages, wo ich ihn zum Taufstein tragen sollte, nicht
zanken mochte, gab ich nach, und so wurde er John getauft.

Natürlich werdet ihr denken, Mr. Tressider werde sich dankbar erwiesen haben, als meine älteste Tochter getauft wurde, und habe gestattet, sie nach mir zu nennen. Aber Prostmahlzeit! Als ich die Sache zur Sprache brachte, erklärte er, er wünsche, sie nach einer verstorbenen Schwester zu nennen, und dann sagte er mir, diese habe Sabine geheißen.

»Nun, ich muß wirklich sagen,« antwortete ich, »ich finde das eigentlich großartig. Du wolltest nicht haben, daß unser ältester Junge Marmaduke getauft werde, weil es nach dem Londoner Journal klinge, und du willst meine Tochter Sabine taufen lassen? Wenn das nicht Londoner Journalisch ist, dann ist es Family Heraldisch, und außerdem klingt es gar nicht englisch.«

Wir hatten einen Streit darüber, aber schließlich setzte er seinen Willen durch. Ich war in jenen Tagen wirklich zu schwach und gab viel häufiger nach, als später, und so wurde meine älteste Tochter Sabine getauft, was beträchtliche Verwirrung anrichtete, da die Dienstboten sich gar nicht an die richtige Aussprache des ihnen fremden Namens gewöhnen konnten und sie immer Sabeine nannten. Nun bitte ich einen, Sa-Beine! Maud, meine zweite Tochter, erhielt ihren Namen von ihrer Patin, von der wir damals etwas erwarteten, obgleich sie uns schnöde täuschte und ihr ganzes Vermögen einer Methodistenkapelle in einer Seitengasse von Tottenham Courd Road vermachte, wo sie sich in ihrem alten Rollstuhle immer hinfahren ließ, nachdem sie sich mit uns überworfen hatte. Der Streit kam nämlich so: Mrs. Marsham war die Witwe des Bruders meiner Mutter, der ihr bei seinem Tode seinen Hausbesitz in London und sehr viel Geld hinterlassen hatte, aber sie war entschieden etwas verdreht, und obgleich ich sie sehr lieb hatte und ihre Besuche bei uns gern sah, fand ich doch, daß mit zunehmendem Alter ihre Verdrehtheit bedenklich wuchs. Eine ihrer Eigenheiten, die sich mehr und mehr entwickelte, bestand darin, daß sie Sachen in die Tasche steckte, Zucker, Kuchen und alles, was sie unbemerkt, wie sie glaubte, vom Tische verschwinden lassen konnte. Dabei hatte sie die Gewohnheit, zu nörgeln und abfällige Bemerkungen über die Kleider, die man anhatte, oder die Möbel, die in der Stube standen, in ganz lautem Tone zu machen. Ich glaube, sie dachte nur unbewußt laut, aber es war doch sehr unleidlich, besonders, wenn noch andre Besucher anwesend waren. Sie sah einen zum Beispiel eine Zeitlang starr an und sagte dann: »Hm, das Kleid gefällt mir nicht besonders – hm – viel zu jugendlich für dich – hm,« oder »Hm – schlechtes Essen – kein richtiger Haushalt – hm – verschwenderisch – hm – schlecht – armer Mann kann mir leid thun – hm.«

Die Kinder nannten sie »Tante Brummbär« und konnten sie nicht ausstehen, aber ich gestattete ihnen nicht, ihre Abneigung zu zeigen, denn damals galt es für sicher, daß sie, da sie selbst kinderlos war und auch keine eigenen Verwandten hatte, den größten Teil ihres Vermögens uns vermachen würde.

Eines Tages indessen, wo ich nicht wohl war, da ich meine neuralgischen Kopfschmerzen hatte, und überdies sehr ärgerlich über ein Mädchen war, das meine prachtvollen stählernen Kaminvorsetzer eingefettet hatte, ging mir die Tante Marsham denn doch ein bißchen zu weit. Sie kam um fünf Uhr zum Thee und fing wie gewöhnlich an, Zucker in die Tasche zu stecken und unangenehme Bemerkungen zu machen.

Ich hatte eben die Bücher in der Leihbibliothek wechseln lassen, und auf dem Tische in meinem Zimmer lagen einige Romane. Tante Marshams Auge fiel darauf, sie nahm sie in die Hand, schlug sie auf und fing an, mit sich selbst zu sprechen.

»Hm – Romane – schlechtes Zeug – hm – Familienmutter – hm – sollte sich schämen– hm!«

Verstimmt, wie ich war, und vielleicht noch reizbarer, als sonst – ich meine einfach reizbar, denn sonst bin ich's nicht – war ich entrüstet, daß sie in Gegenwart meiner Töchter so von mir sprach.

»Tante Marsham,« sagte ich ganz ruhig, »ich kann dir deine Gedanken über mich natürlich nicht verbieten, aber ich muß dich ernstlich bitten, nicht in dieser Weise über mich zu sprechen, wenn die Kinder im Zimmer sind. Es ist schon schlimm genug, daß sie mit ansehen müssen, wie du heimlich Zucker in die Tasche steckst; du brauchst nicht auch noch ihre Mutter zu beschimpfen.«

»Was?« rief Tante Marsham, »Jane Tressider, sprichst du mit mir?«

»Ja, Tante Marsham, das thue ich,« entgegnete ich. »Ich habe mir deine Ungezogenheiten lange gefallen lassen, weil du eine alte Frau bist, aber meine Geduld ist nun zu Ende.«

»O, wirklich? Zu Ende, sagst du?« Damit stand sie auf, ging so majestätisch, als sie es mit einem steifen Beine konnte, das sie sich in ihrer Jugend durch Schlafen in einem feuchten Bett zugezogen hatte, zur Thür. Dort drohte sie mir mit ihrem Sonnenschirme und rief: »Nie werde ich deine Schwelle wieder überschreiten, du Weibsbild, unverschämtes Pack!«

»Untersteh dich nicht noch einmal, mich in meinem eigenen Hause Pack zu nennen,« versetzte ich, »und was das Ueberschreiten meiner Schwelle anlangt, so werde ich schon dafür Sorge tragen, daß das nicht geschieht; den Zucker, den du gestohlen hast, magst du behalten, aber sei so gut, die Regenschirme unten im Flur ungeschoren zu lassen.«

Wie ich dazu kam, das zu sagen, weiß ich nicht, aber ich war so wütend, daß ich noch viel mehr hätte sagen können. Tante Marsham sah aus, als ob sie auf der Stelle der Schlag rühren sollte, aber sie stieß einen wütenden Schrei aus, der ihr Erleichterung zu verschaffen schien, und ging dann so rasch, als ihr lahmes Bein es gestattete, die Treppe hinab.

Sie ist nie wieder zu uns gekommen, obgleich ich ihr nachher einen Brief schrieb und sie um Entschuldigung bat, falls ich in der Hitze etwas Ungehöriges gesagt hätte; die Absicht, sie zu verletzen, habe mir durchaus fern gelegen.

Sie hatte nicht einmal die Höflichkeit, zu antworten. Kurz nach dem Vorfall trat sie der Kapelle in einer Nebenstraße von Tottenham Court Road bei, und als sie starb, zeigte sich, daß sie all ihr Geld dieser und einigen milden Stiftungen hinterlassen hatte. Bald nach ihrem Tode erhielt ich ein kleines Päckchen mit den besten Empfehlungen vom Testamentvollstrecker. Ich öffnete es in der Erwartung, irgend ein kleines Andenken an Tante Marsham zu finden, und was war es? Ein halbes Dutzend Stücke Zucker und ein Zettel, worauf von Tante Marshams Hand geschrieben stand: »Für Jane Tressider, nach meinem Tode – da ist der Zucker wieder.«

Das war alles, was wir davon hatten, daß wir unsre zweite Tochter nach ihrer Tante und Patin Marsham Maud nannten – wir erhielten unsern eigenen Zucker wieder.

Als meine dritte Tochter geboren wurde, glaubte ich, es sei Zeit, ein offenes Wort mit meinem Manne zu reden.

»John,« sagte ich daher, »dieses Kind heißt Jane.« Ich sprach diese Worte in einem Tone, der nicht gerade zum Widerspruch einlud, und alles, was John antwortete, war: »Schön, meine Liebe,« und sie wurde Jane getauft, obschon ich sie, seit sie mit Mr. Gutzeit verheiratet ist, häufig »Schäne« habe nennen hören.

Jane machte Mr. Gutzeits Bekanntschaft bei Brauns, die in unsrer Straße wohnen. In dieser wimmelt es von Deutschen, meist Geschäftsleuten, Kaufleuten und so was Aehnliches, und wir lernten sehr viele von ihnen kennen, ehe wir lange in der Straße gewohnt hatten. Die Misses Braun und die Misses Kroll gehörten zu Sabines, Mauds und Janes besten Freundinnen, denn sie waren zusammen in die Schule gegangen.

Jane ist ein sehr liebenswürdiges Mädchen, still und sanft, und sie hat in ihrer Weise sehr viel Anziehendes. Sie ist immer die Fleißige der Familie gewesen. Schon als Kind verriet sie große Anlage zum Zeichnen, und außerdem hatte sie eine merkwürdige Begabung für fremde Sprachen. Mit sechzehn Jahren sprach sie ausgezeichnet Französisch und Deutsch, und da sie so viel Umgang mit deutschen Mädchen hatte, leistete sie in dieser Sprache ganz Hervorragendes.

Die Mädchen trafen also Mr. Gutzeit sehr häufig bei Brauns, deren Vetter er war, als sie einmal zu einem kleinen Tänzchen in unser Haus kamen, brachten sie ihn mit, worüber wir uns sehr freuten, denn er walzte reizend, und junge Herren, die tanzen, werden heutzutage immer seltener.

Natürlich unterhielt ich mich auch mit ihm und fand, daß er ein sehr liebenswürdiger Mann war, groß, mit blondem deutschen Haar und blondem deutschen Barte und nach meiner Schätzung etwa zweiunddreißig Jahre alt. Er war mir gegenüber sehr aufmerksam und sprach Englisch mit starkem deutschen Accent mit mir. Ich hatte nur eins gegen ihn einzuwenden, und das war sein Beruf; er war nämlich Zahnarzt. Die Mädchen erklärten mir zwar, er sei ein höherer Zahnarzt – ein Zahnchirurg – und habe das Recht, sich Doktor zu nennen, allein ich entgegnete: »Er mag noch so geschickt sein und noch so schöne Titel haben, wenn er Zahnarzt ist, dann zieht er Zähne aus, und ich werde nie mit ihm sprechen können, ohne immer die Worte zu erwarten: ›Bitte, lehnen Sie den Kopf zurück und öffnen Sie den Mund soweit als möglich!‹«

Ich konnte gar nicht begreifen, weshalb die Mädchen sich solche Mühe gaben, daß der deutsche Zahnarzt mir gefallen solle, aber mir ging ein Licht auf, als ich merkte, daß er Jane liebte und daß diese seine Gefühle erwiderte.

Ich will euch mit den Einzelheiten der Werbung nicht langweilen. Ihr könnt euch darauf verlassen, daß wir uns, ehe wir unsre Einwilligung zur Verlobung gaben, vergewisserten, ob Mr. Gutzeit sich in guten Verhältnissen befinde, und ich muß zugeben, in dieser Hinsicht war alles sehr befriedigend. Er besaß ein hübsches Haus in Bayswater, wo ihm seine Schwester den Haushalt führte. An der Thür stand sein Name auf einem Messingschilde, und im Oberlichte der Hausthür war eine rote Laterne angebracht. Leute in feinen Wagen kamen, um sich Zähne ausziehen zu lassen.

Jane versicherte mich, sie liebe ihn innig und mache sich gar nichts daraus, daß er Zahnarzt sei. So gaben wir denn unsre Einwilligung, und in den nächsten Monaten wurde sehr viel Deutsch in unsrem Hause gesprochen, und Karl und Jane plapperten in einer Weise zusammen, daß ich sie schließlich bitten mußte, wenigstens in meiner Gegenwart Englisch zu sprechen, zumal ich es nicht für ganz passend halte, wenn ein junger Mann unsrer eigenen Tochter in einer Sprache den Hof macht, die man nicht versteht.

Nach achtzehnmonatlichem Brautstand fand die Hochzeit statt, und dabei gab es eine große Versammlung von Deutschen. Die jungen Deutschen sind sehr schöne, große, soldatisch aussehende, gut gewachsene Männer, und sie haben einen offenen Blick, der mir außerordentlich wohlgefällt, aber es ist erstaunlich, wie viele von ihnen Brillen tragen.

»Das glückliche Paar« macht seine Hochzeitsreise nach Deutschland – natürlich zuerst den Rhein hinauf – was, wie ich höre, eine feststehende Sitte in Deutschland ist. Mein Sohn John, der viel gereist ist, sagt mir, daß in der guten Jahreszeit die Gasthöfe und

Dampfer mit jungen Ehepaaren überfüllt sind und daß sie sich in einer Weise vor aller Welt liebkosen, sich an den Händen halten, einander verzückt in die Augen sehen, Gedichte zusammen lesen und ganz vergessen, daß sie sich auf dem Verdeck eines öffentlichen Dampfers oder im Speisesaal eines Gasthofes befinden, die hierzulande unbekannt ist. Nachdem sie den Rhein gesehen hatten (Jane schrieb mir ganz begeisterte Briefe und sagte, er sei schön wie ein Traum), gingen sie nach Berlin, wo Mr. Gutzeits Eltern damals lebten. Die alten Leute empfingen ihre neue Schwiegertochter sehr herzlich, und Karls Mutter versuchte, sie die Bereitung einer Anzahl deutscher Gerichte zu lehren, aber die arme Jane hatte für derartige Künste nie viel Geschick und wird es nie lernen, und ich bin auch der Ansicht, daß die Männer die Zubereitung des Essens nicht von ihren Frauen verlangen sollten. Wenn sie das für deren erste Pflicht halten, dann sollten sie ihre Köchin heiraten.

Als Jane mir zuerst von Berlin schrieb, bat sie mich, meine Briefe an sie: »Frau Doktor Gutzeit« zu überschreiben, aber das konnte ich nicht. Auf dem ersten Umschlag habe ich es versucht, allein ich habe ihn nicht abgeschickt. Der Gedanke, daß eins meiner Kinder »Frau« genannt wurde, war an sich schon schlimm genug, aber sie auch noch »Doktor« zu nennen, weil ihr Mann den Leuten Zähne auszog, war denn doch zu lächerlich, und ich sprach das in meinem Briefe auch offen aus und überschrieb ihn: »Mrs. Karl Gutzeit.«

Ehe sie heirateten, hatte ich Karl angedeutet, es sei besser, wenn seine Schwester nicht bei ihm bleibe, denn ich wollte nicht, daß mein Kind eine andre Herrin in seinem Hause finden sollte. Das thut auf die Dauer nie gut, und Mutter, Schwester oder Tante eines Ehemannes vertragen sich mit seiner Frau viel besser, wenn sie nicht unter demselben Dache leben, und mit den Verwandten der Frau ist es ebenso. Ich habe mich niemals in ungehöriger Weise in die häuslichen Angelegenheiten eines meiner Kinder gemischt, denn ich weiß, was für ein Vorurteil gegen Schwiegermütter besteht. Karl erwiderte mir, er habe mit seiner Schwester bereits abgemacht, daß sie zu einem andern Bruder gehen solle, der ein Geschäft in Manchester hatte, und als mein liebes Kind von der Hochzeitsreise zurückkam, zog sie als Herrin in ihr Haus ein, und ich freue mich, aussprechen zu können, daß sie, obgleich ihr Mann Ausländer war, ausländisches Wesen hatte und sonderbare Gerichte liebte, den Haushalt ausgezeichnet führte und daß sie im ganzen sehr gut miteinander fertig wurden.

Ich wäre nie mit ihm ausgekommen, selbst wenn ich seine Sprache hätte reden können; ich wäre nie im stande gewesen, den Anblick der vor seinem Hause vorfahrenden Leute auszuhalten, die das Gesicht verbunden hatten, vor Zahnweh stöhnten und sich nachher beim Fortgehen die Kinnbacken hielten.

Als ich sie zum erstenmal besuchte, kamen gleichzeitig mit mir noch drei andre Leute, von denen zwei ächzten, während der dritte, ein Herr, mit den Füßen stampfte.

Ich bekam sofort ebenfalls Zahnweh, und als ich eingetreten und ins Eßzimmer geführt worden war, wo ich Jane, ein Bild des Glücks, fand, da konnte ich die Bemerkung nicht unterdrücken: »Aber, liebes Kind, wie kannst du lächeln, wenn ein halbes Dutzend armer Geschöpfe oben in deines Mannes Wartezimmer sitzt, beinahe wahnsinnig vor Zahnweh?«

Jane lächelte weiter und sagte, sie bekümmere sich nicht darum, aber sie gab doch zu, daß es ihr anfänglich unangenehm gewesen sei, wenn sie ihnen im Hause begegnete, allein sie sei jetzt daran gewöhnt.

Ich konnte mich nicht daran gewöhnen. Nie bin ich ins Haus gegangen, ohne mir einzubilden, ich hätte Zahnweh. Schon in der Art, wie sich der Klingelgriff anfühlte, lag etwas, was mir ein unbehagliches Gefühl in den Zähnen gab, und einmal, als ich an der offenstehenden Thüre des Operationszimmers vorbeiging, sah ich die Marterwerkzeuge und den gräßlichen Stuhl und das kleine Waschbecken auf dem eisernen Gestell in bequemer Nähe und auch das Ding, wodurch man das Gas einatmet, und wenn nicht Janes Geburtstag gewesen wäre, hatte ich mich umgedreht und Fersengeld gegeben.

Ein großer Teil von Karl Gutzeits Geschäft, und zwar der einträglichste, bestand in der Anfertigung künstlicher Zähne, worin er eine Berühmtheit war. Ich habe oft gelacht, wenn er mir erzählte, wie eitel viele alte Damen und Herren seien, die sich Zähne bei ihm machen ließen. Sie wollten sie immer perlenweiß haben und waren sehr eigen hinsichtlich der Form. Eine alte Dame, die darauf bestanden hatte, daß ihre künstlichen Zähne weiß wie Alabaster sein sollten, hatte sich, nachdem sie eingesetzt waren, eine halbe Stunde vor den Spiegel gestellt und ein Lächeln eingeübt, wobei sie sie zeigen konnte. Nachdem sie in den Besitz dieser Zähne gelangt war, grinste sie fortwährend und glaubte schließlich, es seien ihre eigenen. Sie erzählte allen Leuten, sie habe ihre schönen Zähne von einer Großtante geerbt, die unter der Regierung Georgs des Dritten eine berühmte Hofschönheit gewesen war.

Erst als meine Tochter fast ein Jahr verheiratet war, entdeckte ich einen sehr außergewöhnlichen Charakterzug bei ihrem Manne. Seiner Frau und uns gegenüber war er der liebenswürdigste Mensch, den man sich denken kann, aber mit seinen Nachbarn konnte er sich durchaus nicht vertragen. Er stand immer auf gespanntem Fuße mit ihnen, denn er hatte sich in den Gedanken verrannt, sie mischten sich auf eine oder die andre Weise in seine Angelegenheiten. Von diesem, für uns ganz unerwarteten Charakterzuge und seinen Folgen werde ich indes bei einer andern Gelegenheit berichten. Um meines Kindes willen war dieser Umstand eine Quelle großer Sorge für mich, denn er machte Karl in der Nachbarschaft sehr unbeliebt, besonders bei einer Anzahl von Kutschern und Stalljungen, die in einem seinem Hause gerade gegenüberliegenden Hofe wohnten. Zwischen diesen Leuten und Karl herrschte ein ewiger Kriegszustand.

Allein ich werde seiner Zeit noch davon sprechen müssen; ich kam nämlich erst dahinter nach einem Ereignis, das mich zur Großmutter eines deutschen Enkels machte.

Das stellt euch 'mal vor! Wenn es je eine Engländerin gegeben hat, dann bin ich eine, aber die Zeit kam, wo ich das liebe, kleine, rosige Bündel Menschheit in den Armen hielt und hörte, wie ein englischer Geistlicher die krampfhaftesten Versuche machte, die Namen Karl Gottfried Wolfgang auszusprechen. Ich bin wirklich der Ansicht, den Wolf hätten sie weglassen können. Mein Schwiegersohn behauptete zwar, es sei ein ganz christlicher Name und Goethe, der größte Dichter, den Deutschland und vielleicht die Welt je besessen hätte, ebenso wie Mozart, einer der größten Komponisten, hätten Wolfgang geheißen, allein ich kann nichts Christliches darin finden, wenn man ein Menschenkind Wolf nennt.

Diese Namen machten mein Enkelchen nur noch deutscher, und ich konnte nie das Gefühl loswerden, daß ich die Großmutter eines kleinen Ausländers sei. Es war ein reizendes Kindchen, aber es hatte einen deutschen Ausdruck, und ich war ganz fest überzeugt, daß es bei nächster Gelegenheit mit einer Brille erscheinen werde.

Der alte Gutzeit und seine Frau kamen kurz vor der Taufe zum Besuche herüber und waren natürlich bei der Festlichkeit und dem darauffolgenden Frühstück zugegen. Ich wurde ihnen selbstverständlich vorgestellt, aber da sie kein Wort Englisch und ich kein Deutsch verstand, war die Sache etwas peinlich.

Ich sprach so laut, als ich konnte, aber sie schüttelten nur die Köpfe und antworteten etwas, was so, wie es klang, recht gut hätte ein Fluch sein können, was mir aber Jane in eine sehr hübsche Artigkeit übersetzte.

Jane erzählte mir später, der alten Frau Gutzeit habe die Art, wie der Kleine angezogen war, nicht gefallen. Sie wollte ihn gewickelt haben, was, wie ich höre, in Deutschland noch Mode ist; allein ich erhob Einspruch.

»Jane,« sagte ich, »dein Kind mag ein Deutscher sein, du aber bist Engländerin und brauchst dich nicht von einer Ausländerin lehren zu lassen, wie ein Kind behandelt werden muß. Deine Mutter hat nicht umsonst neun Kinder aufgezogen; die wird wohl auch etwas davon verstehen.«

Wir luden die Gutzeits auch einmal zum Essen, und sie schienen ganz angenehme Leute zu sein, aber ich war doch froh, als sie wieder gegangen waren. Eine Unterhaltung mit Achselzucken und Kopfwackeln zu führen und so zu thun, als ob man alles verstanden habe, während man keinen Schimmer hat, was gemeint war, und wenn die Tochter fortwährend ruft, er hat dieses oder jenes gesagt, und wenn man mit seiner Tochter sprechen muß, wo man den Gast meint, und dann zuhören muß, wie die Tochter das, was man gesagt hat, in einem Kauderwelsch wiederholt, daß einem vom bloßen Hören schon der Hals trocken wird: das ist wahrlich keine angenehme Art, einen Abend im eigenen Hause zu verleben.

Ich war wirklich froh, als sie sich empfahlen, aber ich mußte ihnen durch Janes Mund versprechen, daß ich sie vor ihrer Abreise noch einmal in Karls Hause besuchen wollte. Sie waren in der That ganz reizende alte Leute, aber warum in aller Welt haben sie nicht Englisch gelernt, ehe sie eine Reise nach London unternahmen?

Kurz nach der Taufe besuchte ich den Kleinen einmal und wollte meiner Tochter ein Versprechen ablocken, ihn so englisch als möglich aufzuziehen, aber sie entgegnete mir, sein Vater wünsche ebenso dringend, ihn so deutsch als möglich zu erziehen, Gott sei Dank! Der arme Wurm ist als britischer Unterthan geboren und wird nicht in jugendlichem Alter aus seiner Mutter Arm gerissen, um in der Schlacht hingeopfert zu werden, auch braucht er sich nicht gefallen zu lassen, daß ihm das Haar kurz geschoren und ein deutscher Soldat aus ihm gemacht wird.

Der Gedanke, daß eins meiner Enkelkinder jemals ein deutscher Soldat werden, Kommißbrot essen und sich mit den Franzosen herumschlagen müßte, hat mich viele Nächte nicht schlafen lassen, und ich fand nicht eher Ruhe, bis mir Karl versicherte, daß dazu auch nicht die entfernteste Möglichkeit vorhanden wäre. Ich besitze eine sehr große Hochachtung vor dem deutschen Heere, aber als getreue britische Unterthanin würde ich mich nie entschließen können, aus freien Stücken die Großmutter eines deutschen Soldaten zu werden.

Elfte Erinnerung.

Die Leute gegenüber.

Niemals hätte ich geglaubt, daß ein netter, ruhiger, liebenswürdiger Mann, wie mein deutscher Schwiegersohn Karl Gutzeit einer war, in Hinsicht auf gewisse Dinge so verrannt sein könnte, als es sich nachher herausstellte. Vor kurzem habe ich einen Aufsatz gelesen, worin der Verfasser zu beweisen sucht, daß jeder Mensch in Beziehung auf einen Gegenstand mehr oder weniger verrückt sei. Der Aufsatz interessierte mich in hohem Grade, denn ich bin nicht mit geschlossenen Augen durchs Leben gegangen, und ich muß zugeben, ich habe selbst beobachtet, daß die meisten Leute in einem besonderen Punkte ihren »Vogel« haben.

Gern lese ich nicht über solche Dinge, denn ich bin der Ansicht, daß wir nachgerade etwas zu viel über uns selbst lernen. Durch die Bacillen, Bakterien und Mikroben und wie das greuliche Zeug alles heißt, das die Gelehrten jeden Tag entdecken, wird das Leben für jemand, der nur ein bißchen nervös ist, zu ungemütlich.

Daß viele Menschen, um es gelinde auszudrücken, in einer Hinsicht überspannt sind, ist zweifellos richtig. Ein Verwandter von mir, ein Onkel, der liebenswürdigste, freundlichste Mann von der Welt, sagte mir selbst einmal, er gehe sehr ungern allein in den Straßen, weil er nur schwer der Versuchung widerstehen könne, an allen Klingelzügen zu reißen und dann wegzulaufen. Wenn er an einem Hause vorüberkäme und den Klingelgriff erblicke, dann hätte er das Gefühl, als ob er daran ziehen müsse, und weil er wisse, daß es schmählich wäre, wenn ein alter Herr, Familienvater und Kirchenältester, bei einer solchen Handlung erwischt werde, nehme er stets eine Droschke oder den Omnibus, wenn er allein ausgehen müsse. Habe er jemand bei sich, dann bäte er seinen Begleiter immer, ihn festzuhalten und unter keinen Umständen an einen Klingelgriff kommen zu lassen.

Ferner kannte ich eine Dame, die das Opfer einer ähnlichen Schwäche war, nur bestand ihre Leidenschaft darin, die Notbremse in den Eisenbahnwagen zu ziehen. Zwar hat sie es nie wirklich gethan, aber sie sagte mir, sie sei nie allein in einem Coupé, wo ihr eine solche Bremse ins Gesicht starre, ohne die größte Versuchung zu fühlen, die Schnur zu zerschneiden, den Griff zu ziehen und zu sehen, was weiter geschehen werde. Sie geriet dann in eine solche Angst, sie könne es wirklich thun, daß ihr der Schweiß in dicken Tropfen auf die Stirn trat und sie sehr dankbar war, wenn noch jemand in den Wagen kam oder sie ihr Reiseziel erreichte.

Ich bin der Ansicht, daß auch die sogenannte Kleptomanie hierher gehört. Ganz achtbare Menschen werden plötzlich vom Verlangen ergriffen, heimlich etwas in die Tasche zu stecken, und dieses Verlangen wird stärker und stärker, bis sie ihm nicht mehr widerstehen können und unterliegen. Ich sprach einmal mit meinem Manne darüber, und er versicherte mir, ein sehr bekannter Herr ginge zu keinem Diner, ohne silberne Löffel und Gabeln in die Tasche zu stecken, und das sei so wohlbekannt, daß niemand mehr darauf achte, da seine Frau stets seine Taschen untersuche und sie – das heißt die Löffel und Gabeln, nicht die Taschen – am nächsten Tage zurückschicke.

Kurz nach unsrer Verheiratung wohnten wir eine Zeitlang dicht neben einem alten Herrn, der ein berühmter Professor irgend einer –ologie war, ich habe vergessen, welcher. Er war ohne Zweifel geistig vollkommen in Ordnung, denn er war Mitglied vieler gelehrter Gesellschaften, schrieb für die Times u. s. w., aber er war der Schrecken aller Kindermädchen der Nachbarschaft, denn wenn er auf der Straße ging, dann blieb er plötzlich stehen, rang die Hände und stöhnte in der jammervollsten Weise, als ob er die gräßlichsten Schmerzen ausstände. Er konnte nicht anders, er wußte ganz gut, daß es sehr albern war, aber er konnte es nicht lassen.

Ich erwähne diese Fälle nur, um zu erklären, weshalb ich weniger erstaunt war, als ich sonst wohl durch die Entdeckung gewesen sein würde, daß Karl Gutzeit, mein Schwiegersohn und Zahnarzt (d. h. nicht mein Zahnarzt), in einer gewissen Hinsicht verdreht war.

Er hatte die verrückte Vorstellung, daß seine Nachbarn beständig etwas thäten, dem ein Ende zu machen seine Pflicht sei, und geriet infolge dessen in einen recht netten Ruf.

Meiner Tochter Jane fiel zunächst nichts auf, als er sich zu beklagen begann, daß die Leute gegenüber ihre Rouleaux nicht gleichmäßig aufzögen. Er machte sie darauf aufmerksam, daß eins halb, ein andres ein viertel und eins drei viertel in die Höhe gezogen war, was doch gar nicht gut aussähe, und sie stimmte ihm zu. Als er sich aber im Eßzimmer in seinen Lehnstuhl setzte, die Rouleaux gegenüber unverwandt anstarrte und erklärte, sie ärgerten ihn und er werde hinübergehen und die Leute ersuchen, sie zu ändern, da lachte sie ihn aus.

»Lieber Mann,« sagte sie, »wie thöricht, sich von einer solchen Kleinigkeit ärgern zu lassen. Sieh doch nicht hin.«

Darauf behauptete er jedoch, er könne es nicht lassen, und nun wurde sie besorgt, namentlich weil sie bemerkte, daß er nervös mit den Füßen umhertrippelte und daß seine Mundwinkel zuckten. Als er aber eines Tages plötzlich aufsprang, über die Straße lief und an dem Hause gegenüber anklopfte, bekam sie einen gewaltigen Schreck.

Er kehrte in großem Zorn zurück und sagte, die Leute seien »Biester«; sie hätten ihn schwer beleidigt und ihm gesagt, er solle sich um seine eigenen Angelegenheiten kümmern, und von dem Augenblick an faßte er eine tiefe Abneigung gegen die Leute gegenüber und bildete sich ein, sie ärgerten ihn absichtlich.

Eines Tages sah er zum Fenster hinaus und bemerkte, daß die Frau eines Kutschers in dem vom Operationszimmer aus sichtbaren Stallhofe Wäsche zum Trocknen aufgehängt hatte. Sofort rannte er über die Straße und verlangte von dem ihn empfangenden Kutscher, er solle die Wäsche abnehmen und die Waschleine entfernen, da sie häßlich sei. Der Kutscher wurde grob und empfahl ihm, sich an einen Ort zu begeben, den man auf der Karte von Europa vergeblich suchen wird, und das erzürnte Karl so, daß er spornstreichs zu seinem Rechtsanwalt lief und den Kutscher wegen Beleidigung verklagen ließ. Dadurch entstand eine große Erbitterung gegen ihn, und die Leute in dem Hofe gingen sogar so weit, daß sie im Schutze der Nacht häßliche Anspielungen auf seine Herkunft und seinen Beruf an seine Thür schmierten, wie z. B. »deutscher Schmutzfink« und »alter Zahnreißer«, welche Bezeichnung an ihm hängen blieb.

Die arme Jane erzählte mir, Karl werde ganz grau vor Wut, wenn sie »alter Zahnreißer« hinter ihm herriefen, und manchmal, wenn sie in einer Droschke saßen, müsse sie ihn mit aller Kraft festhalten, sonst würde er hinausspringen und seine Quälgeister anfallen, und dann gäbe es sicher Blutvergießen.

Als Jane mir diese Dinge mitteilte, hielt ich es für meine Pflicht, ein ernstes Wort mit Karl zu reden, und that das auch, aber ich erntete schlechten Dank für meine Güte, Karl wurde ganz aufgeregt, und behauptete, es bestünde eine Verschwörung gegen ihn in der Nachbarschaft, um ihm in seinem Geschäft zu schaden, weil er ein Ausländer sei.

Natürlich entgegnete ich ihm, das sei abgeschmackt und er sei zu empfindlich, wie das so viele Deutsche sind. Sie sind nicht an unsre etwas derbe englische Art gewöhnt, steifen sich auf ihre Würde und sehen Geringschätzung und Kränkungen, wo keine beabsichtigt sind. Karls verdrehte Idee betreffs des Benehmens seiner Nachbarn gegen ihn beunruhigte mich ernstlich; denn ich fürchtete, daß sie zu wirklichen Unannehmlichkeiten führen werde, ich bat daher Jane, zu versuchen, ihn dahin zu bringen, daß er solche Kleinigkeiten nicht mehr beachte, aber anstatt besser, wurde es schlimmer, denn er fing jetzt auch an, sich mit den Leuten nebenan zu streiten und Briefe zu schreiben. Briefe schreiben ist stets ein Fehler, besonders wenn man sie in der Hitze schreibt und sich nicht die Zeit dazu nimmt.

Die Leute gegenüber, deren Rouleaux Karl so geärgert hatten, besaßen zwei Söhne, und diesen war es ein Hauptspaß, ihn zu necken. Kam er ans Fenster, dann traten sie auf ihren Balkon und thaten so, als ob sie Zahnweh hätten. Sie hielten sich die Nacken und stöhnten ganz erbärmlich. Natürlich hatten sie das volle Recht, auf ihrem Balkon zu thun, was sie mochten, aber Karl war wütend, schrieb einen Brief an ihren Vater und sandte ihn hinüber. Nun war der Vater auch entrüstet und schrieb zurück, daß, wenn es Karl schon ärgere, Leute zu sehen, die nur so thäten, als ob sie Zahnweh hätten, dann könne er sich vorstellen, wie unangenehm es für sie sei, beständig Menschen mit wirklichem Zahnweh aus- und eingehen zu sehen, und manchmal kämen welche aus dem Hause, die ihre Kinnladen in einer Weise festhielten, als ob sie ihnen zerbrochen seien. Er hatte die Unverschämtheit, ziemlich unverblümt anzudeuten, Karl sei ein öffentliches Uebel, und es gereiche der Gegend zum

Schaden, daß jemand da, wo sonst nur Privathäuser seien, einen »Laden« für künstliche Zähne eröffnet habe.

Das trug auch nicht gerade dazu bei, das nachbarliche Verhältnis zu bessern, und unglücklicherweise traf es mit der Zeit zusammen, wo Karl sich plötzlich in den Kopf setzte, daß auch die Leute nebenan ihn zu belästigen begännen. Er behauptete, der Kamin im Operationszimmer rauche, wenn das Eßzimmer im nächsten Hause geheizt werde. Sofort schickte er hin und beschwerte sich, und der alte Herr, ein sehr geachteter Börsenmakler, kam herüber und verlangte mit Karl zu sprechen. Er fragte ihn, wie er dazu komme, ihm eine so unverschämte Anfrage wegen seines Eßzimmers zu schicken, und es kam zu heftigen Worten.

»Ich will Ihnen was sagen,« sprach der alte Herr zuletzt, »Sie sind eine verwünschte Plage für die ganze Gegend, und wenn Sie nicht bald machen, daß Sie von hier fortkommen, dann werden wir alle ausziehen. Kümmern Sie sich um Ihr eigenes Geschäft und lassen Sie Ihre Nachbarn in Frieden.«

Die arme Jane, die sich im nächsten Zimmer befand und alles mit anhörte, ging hierauf wie zufällig hinein, weil sie fürchtete, es werde zu Thätlichkeiten kommen, worauf der alte Herr seinen Hut ergriff und eilig das Haus verließ, aber Karl hatte einen Feind mehr, und Jane sagte, es sei wirklich furchtbar, sie wage gar nicht mehr auszugehen, denn die Leute starrten sie so an.

»Liebes Kind,« sprach ich, »wenn er mein Mann wäre, dann würde ich mit aller Entschiedenheit auftreten und ihn zur Vernunft bringen,« Und ich hätte das auch gethan, aber Jane war zu ängstlich, um offen zu sprechen; sie fürchtete, seine Gefühle zu verletzen. Sie hing mit großer Hingebung an ihm und verteidigte ihn, so gut sie konnte. Sie erklärte, er sei, abgesehen von dieser Sucht, mit seinen Nachbarn zu streiten, der liebenswürdigste und beste Mann, den eine Frau sich wünschen könne, und das war er auch ganz entschieden. Aber was konnte das nützen?

»Das ist alles recht schön und gut,« sprach ich zu meinem armen Kinde, »aber er macht sich widerwärtig und verhaßt, und wenn euch eines schönen Abends die Fenster eingeworfen werden und die Steine treffen dich, was hast du dann von seiner Liebenswürdigkeit und Hingebung?«

Nachdem der kleine Karl geboren war, ging's eine Zeitlang besser, und er beachtete die Dinge, womit man ihn ärgern wollte, weniger. Denn daß vieles absichtlich gethan wurde, unterliegt keinem Zweifel; indes er war allein daran schuld, weil er zuerst angefangen hatte, Kleinigkeiten übelzunehmen und sich unnachbarlich zu verhalten. Es gibt nichts Unleidlicheres, als einen unangenehmen und streitsüchtigen Nachbarn, wie ich aus Erfahrung weiß, denn ich habe 'mal neben einer alten Dame gewohnt, die uns beständig Scherereien machte. Bald war es unser Hund, der im Vorgarten bellte, bald hatten die Kinder ihre Bälle über die Mauer geworfen, oder die Dienstboten einen Teppich ausgeklopft, der wirklich nicht viel größer war als eine Thürmatte. Und wie mich das Frauenzimmer wegen einer meiner Lieblingskatzen gequält hat, ist gar nicht zu sagen. Es war die harmloseste Katze in der Welt, aber sie geriet manchmal in den Nachbargarten und sonnte sich auf dem Rasen. Dann kam die Person heraus, schrie das arme Tier an und schimpfte es, und ich wußte sehr wohl, daß die Schimpfworte eigentlich mir galten. Aber ich bin auch nicht von gestern, und wenn meine Katze zurückkam, dann spielte ich dasselbe Spiel und richtete einige Bemerkungen an sie, die auch für die Katze nebenan bestimmt waren. Zuletzt wurde die Geschichte ganz unausstehlich, indem die Frau sogar die Unverschämtheit hatte, wenn meine Töchter übten, eine Grobheit herüber sagen zu lassen und zu verlangen, daß das Klavier an eine andre Wand gestellt werde. Sie wolle uns verklagen, wenn wir es nicht thäten. Nun ging ich aber selbst hin, und als die Hausthür geöffnet wurde, trat ich gleich ein, ohne erst lange zu fragen, ob sie zu Hause sei, und dann habe ich ihr meine Meinung so unverblümt gesagt, daß sie uns in Ruhe ließ und bald darauf auszog.

Nachdem der liebe Kleine geboren war, hörte ich lange Zeit nichts von Karl, denn ich ging aufs Land, und Jane erwähnte in ihren Briefen nichts von ihren Unannehmlichkeiten, weil sie mich nicht beunruhigen wollte und vielleicht auch, weil sie fürchtete, ich könne denken, Karl sei zu excentrisch, um ein ganz zufriedenstellender Gatte und Vater zu sein.

Ich hatte auch so viele andre Dinge, worüber ich mir Sorge machte, daß ich ganz froh war, in ihren Briefen nicht auch noch schlechte Nachrichten zu finden; ich versuchte mir also einzureden, Karl habe die Thorheit seines ewigen Streitens eingesehen und verhalte sich, wie es von einem ruhigen, verständigen englischen Bürger erwartet wird.

Kurz vor Weihnachten kam ich zurück, und am Weihnachtstage aßen, wie gewöhnlich, alle meine Kinder mit ihren Familien bei uns zu Mittag. Ich hatte es gern, wenn sich am Weihnachtstage die ganze Familie in ihrem alten Heim vereinigte, und soweit es möglich war, haben meine Kinder diesen Wunsch auch stets erfüllt, obgleich in den letzten Jahren der Raum unsres Hauses dadurch aufs äußerste in Anspruch genommen wurde. Unsre Weihnachtsessen sind freilich manchmal durch Streitigkeiten gestört worden, aber diese waren nie ernster Art. Ich bin der Ansicht, daß ein Weihnachtsmahl nicht immer ein Förderer des Friedens ist, besonders bei einer Familie, die an Verdauungs- und gichtischen Beschwerden leidet. Meine Mädchen bleiben auch nach Putenbraten und Plumpudding wahre Engel, aber meine Jungen werden leicht, was wir »stänkerisch« nennen, und dann fangen sie an, sich in einer Weise aufzuziehen, die gelegentlich zu kleinen Unannehmlichkeiten führt.

Bei dieser Gelegenheit bemühten wir uns alle, sehr liebenswürdig zu sein, und es verlief auch alles ganz glatt, bis John unglücklicherweise anfing, Karl zu necken, indem er ihn fragte, ob er seinen Nachbarn hübsche Weihnachtskarten geschickt habe. Karl gab eine etwas brummige Antwort, die ich auf Rechnung des Plumpuddings setzte, denn das ist eine Speise, woran Deutsche nicht gewöhnt sind, John aber warf ich einen warnenden Blick zu und versuchte, die Unterhaltung auf etwas andres zu lenken. Das half aber nichts, denn John, der nun einmal das Necken nicht lassen kann, obgleich er selbst außerordentlich empfindlich ist, sagte zu Karl, er meine, da nun einmal Weihnachten sei, müsse er seinen Nachbarn Ständchen bringen und das bekannte Lied: »Friede auf Erden und den Menschen ein Wohlgefallen« mit Begleitung einer Bande böhmischer Musikanten vor ihren Thüren singen. Karl wurde dunkelrot und rief John zu, er möge sich um seine eigenen Angelegenheiten kümmern.

»Das ist gerade das, was deine Nachbarn von dir verlangen, alter Freund,« versetzte John, der sehr viel kalte und warme Pastete gegessen hatte und noch fortwährend Rosinen und Mandeln knabberte, obschon er wußte, daß das das reinste Gift für ihn war. Karl wurde wütend, sprang auf, zog seinen Ueberrock an, stülpte seinen Hut auf und rannte hinaus, und ehe wir recht wußten, was vorgefallen war, hörten wir, wie er die Hausthür hinter sich zuschlug.

Die arme Jane warf aus thränenden Augen einen vernichtenden Blick auf John.

»Warum mußt du denn alle Menschen ärgern!« rief sie, lief hinaus und stürzte, ohne sich die Zeit zu nehmen, etwas auf den Kopf zu setzen, hinter Karl her. John, dem es leid that, daß er die Veranlassung zu einem peinlichen Auftritt gegeben hatte, folgte ihr, und ich konnte es nicht unterlassen, offen meine Meinung auszusprechen, daß es ganz schmählich sei und daß meine Schwiegersöhne und -töchter wirklich versuchen könnten, den Weihnachtstag ohne Zank zu verleben, denn wir wären vielleicht nicht mehr oft alle zusammen. Mein Mann war natürlich wie gewöhnlich nicht da, wo er hätte sein sollen. Er hatte sich unmittelbar nach dem Essen in seine Stube zurückgezogen, um zu genießen, was er eine ruhige halbe Stunde für sich nannte. Ich ging hinunter und fand ihn mit seiner Pfeife und der Times in der Hand, der Times von gestern, denn am Weihnachtstage war keine erschienen.

»Ich muß wirklich sagen, John Tressider,« sprach ich, »ich sollte denken, du könntest am Weihnachtstage wohl 'mal ohne die Times, die du gestern schon einmal gelesen hast, fertig werden. Wärest du da gewesen, wo du hingehörst, an der Spitze der Familie, dann hättest du einem schmachvollen Auftritt vorbeugen können.«

»He?« entgegnete er. »Was ist denn schon wieder los?« Ich erzählte ihm das Vorgefallene und ersuchte ihn, seinen Hut aufzusetzen, Karl und John schleunigst zu folgen und sie zurückzubringen. Ich zweifelte nicht daran, daß sie ihren Zank irgendwo auf der Straße fortsetzten, und die Vorstellung, daß meine arme Jane ohne Hut dabei stehe, ihnen händeringend zuhöre und noch dazu am Weihnachtstage, war zu viel für mein mütterliches Herz.

Ehe ich jedoch Mr. Tressider zu genügender Erkenntnis seiner Pflicht und aus seinem Sorgenstuhle aufgerüttelt hatte, klingelte es, und als die Thür aufging, hörte ich Karls Stimme im Hausflur. Ich lief hin und fand, daß er sich mit John ausgesöhnt hatte und zurückgekommen war, aber meine arme Jane zitterte vor Kälte, denn es wehte ein scharfer Ostwind.

Daß ich Karl sagte, er solle sich was schämen, sich so von seinem Aerger fortreißen zu lassen und seine arme Frau an einem so bitter kalten Nachmittag aus ihrem warmen und glücklichen Heim zu treiben, versteht sich von selbst; allein er runzelte die Stirn, grunzte etwas, was ich nicht verstand, und ging dann ins Wohnzimmer.

Glücklicherweise hatte der Zank keine weiteren Folgen, und wir verbrachten den Rest des Tages ganz vergnügt zusammen, abgesehen von einer kleinen Störung, die durch Augustus Walkinshaw junior veranlaßt wurde. Dieser war unbemerkt über einen großen Topf mit chinesischen, in Syrup eingemachten Früchten geraten und hatte beinahe den ganzen Inhalt aufgegessen. Dabei war sein schöner, neuer Matrosenanzug eine einzige, klebrige Masse geworden, und als ich ihm ein paar wohlverdiente Klapse gab, fing er an zu heulen und wurde dann plötzlich totenblaß und so krank, daß er hinauf und zu Bett gebracht werden mußte.

Ich hatte Karl versprochen, am Neujahrstage bei ihnen zu frühstücken, und ging ziemlich früh hin, da ich gern vorher eine ruhige Aussprache mit Jane haben wollte. Während wir redeten, kam der Bediente mit einem Päckchen, das mit einer Neujahrskarte an der Hausthür abgegeben worden war.

»Schicke hinunter, liebes Kind, und laß deinen Mann heraufkommen,« sagte ich, da es an Karl überschrieben war. »Wir wollen es zusammen auspacken, vielleicht ist es ein Neujahrsgeschenk von einem seiner Kunden.«

»Höchst wahrscheinlich,« entgegnete Jane, »er hat schon mehrere, worunter einige sehr schöne, erhalten.«

Der Bediente bat Herrn Gutzeit, nach dem Zimmer seiner Frau zu kommen, wo wir saßen, und als Karl eintrat, sagte ich: »Karl, hier ist wieder ein Neujahrsgeschenk für dich; wir sind furchtbar neugierig.«

Er lachte und meinte, er sei ein Glückspilz, denn er habe eine Menge freundlicher Andenken erhalten, ein Beweis, daß er, wenn er auch bei den gräßlichen Leuten gegenüber nicht beliebt sei, doch anderswo eine Menge Freunde habe. Er fing an, das Päckchen zu öffnen, und als er das braune Papier entfernt hatte, kam ein kleines Kistchen zum Vorschein, das zugenagelt war. Er zog sein Messer hervor und hob mit der großen Klinge den Deckel ab. Sowie dieser nachgab, sprangen zwei ungeheure, scheußliche Kanalratten ins Zimmer.

Ich stieß einen entsetzten Schrei aus und sprang, so gut ich konnte, auf einen Stuhl, und Jane schrie ebenfalls aus Leibeskräften und kletterte auf einen andern Stuhl, während die gräßlichen, geängsteten Ratten aus einer Ecke des Zimmers in die andre schossen. Karl rief einige furchtbare deutsche Worte aus, und als ihm eine der Ratten zwischen die Beine rannte, jagte ihm die Furcht, sie könne ihm im Hosenbein hinaufklettern, einen solchen Schrecken ein, daß er in die Luft sprang. Dabei fiel er und riß die Tischdecke, woran er sich halten wollte, mit allem, was darauf war, mit sich. Eine große Vase voll Blumen versuchte er zwar zu retten, aber sie entglitt ihm, fiel mit großem Gepolter zu Boden und ging in tausend Stücke. Darüber schrieen wir noch lauter als zuvor, so daß die Dienstboten ins Zimmer gestürzt kamen. Als sie aber die Ratten sahen, rafften sie ihre Röcke zusammen und nahmen Reißaus.

Furchtbar fluchend erhob sich Karl wieder. Glücklicherweise fluchte er deutsch, was ich nicht verstand, aber meine Tochter, die es verstand, muß ganz entsetzt gewesen sein.

»So schreit doch nicht so!« rief er ganz ärgerlich. »Die Ratten fürchten sich ja mehr vor euch, als ihr vor ihnen.«

Hierauf ergriff er die Feuerzange und fing an, nach den Ratten zu schlagen, traf aber meist nur den Fußboden oder sonst etwas, und die Ratten, die sich hinter einem Vorhange versteckt hatten, kamen wieder hervor und rasten in der Stube umher, Karl immer hinter ihnen.

Endlich gelang es ihm, sie totzuschlagen, aber ach! In welchem Zustande befand sich Janes reizendes Zimmerchen! Karl hatte in seiner Wut mit der Feuerzange um sich geschlagen, ohne Rücksicht, wo er hintraf und hatte eine Menge hübscher Sachen zerstört, ehe es ihm gelungen war, die Ratten zu töten.

Als wir etwas ruhiger geworden und ich von meinem Stuhle wieder herabgeklettert war und mein Zittern überwunden, und

Jane ihre Thränen getrocknet, die ihr der Anblick ihres zu Grunde gerichteten Zimmers abgepreßt hatte, sah ich mir das Kistchen etwas näher an und fand auf dessen Boden eine Karte, worauf in einer ungebildeten Handschrift geschrieben war: »Prost Neujahr, alter Zahnreißer!«

Karl riß mir die Karte aus der Hand. »Das wußte ich gleich,« rief er, als er sie angesehen hatte. »Das haben die Halunken da drüben gethan! O, wenn ich sie nur in Deutschland hätte, ich schösse sie tot, wie tolle Hunde, wie tolle Hunde schösse ich sie tot.«

Wir beruhigten und überredeten ihn, sich keine weiteren Unannehmlichkeiten zu machen, da es unmöglich sei, den Urheber zu entdecken, und um Janes willen willigte er endlich ein, die Sache nicht weiter zu verfolgen, aber ich bin ganz gewiß, daß es die Leute gegenüber waren, die ihm den häßlichen Streich gespielt hatten, denn als ich ins Eßzimmer ging und dort ans Fenster trat, sah ich, wie gegenüber zwei boshafte Jungengesichter unser Haus beobachteten und dabei grinsten wie Teufel.

Allein ich bin der Ansicht, daß selbst Ratten ihre guten Seiten haben, denn seit jener Zeit läßt Karl seine Nachbarn und diese ihn in Ruhe. Leute, die versuchen, ein glückliches Heim mit Kanalratten zu zerstören, schrecken vor nichts zurück, und Karl scheint zum Entschlusse gekommen zu sein, nichts mehr zu thun, was ihre unangenehme Aufmerksamkeit auf ihn lenken könnte.

Zwölfte Erinnerung.

Zwei meiner Enkelkinder.

Eine Schwiegermutter erwartet selbstverständlich im natürlichen Verlauf der Dinge, Großmutter zu werden, wiewohl manche Schwiegermütter gar nicht begierig nach dieser Ehre sind. Im Worte Großmutter liegt allerdings etwas, was auf hohes Alter hinweist, und es ist ganz begreiflich, daß die Frauen die Zeit, wo die Welt sie als alt ansieht, möglichst lange hinauszuschieben suchen. Wenn ein Mädchen jung heiratet, dann kann es sehr wohl kommen, daß es mit vierzig Jahren eine erwachsene Tochter hat, und wenn diese ebenfalls jung heiratet, kann ihre Mutter mit zweiundvierzig Großmutter sein, wenn sie sich auch noch so gut gehalten hat, und ihr niemand ihr Alter ansieht. Hat sie dann die Eitelkeit der Jugend noch nicht überwunden, so ist es allerdings etwas verdrießlich, mit Großmutter angeredet zu werden.

Ich freue mich, aussprechen zu können, daß mir das Wort nichts als Freude gemacht hat, obgleich ich keineswegs alt war, als mir der kleine Augustus Walkinshaw durch sein Erscheinen in dieser Welt zu diesem Titel verhalf.

Jetzt bin ich ganz Großmama, denn ich habe zehn Enkel, wovon einige rasch zu jungen Männern und Mädchen heranwachsen, und ich habe mich längst in meine Rolle gefunden.

Mr. Tressider hörte sich, glaube ich, zum erstenmal nicht gern Großpapa nennen. Männer sind trotz der allgemein verbreiteten gegenteiligen Ansicht viel eitler als Frauen.

Bald nach des kleinen Augustus' Geburt hatte ich Gelegenheit, mit Mr. Tressider einige ernste Worte über seine alberne Gewohnheit, in Gegenwart Fremder Witze über mich zu machen, zu sprechen. Es war bei einer kleinen Gartengesellschaft, wo er mich dadurch verletzte, daß er einer Dame, der ich ihn eben erst vorgestellt hatte, eine lächerliche Geschichte über mein Zanken mit ihm erzählte. Wir wären einmal in einer Droschke aus dem Theater nach Hause gefahren, und ich hätte ihn ersucht, auszusteigen und nachzusehen, ob der Kutscher nicht betrunken sei. Er hätte sich geweigert, und darauf wäre, wie er behauptete, meine Antwort gewesen:

»Wenn du nicht aussteigst, dann thue ich's.« Darauf hätte ich meinen Kopf zum Fenster hinausgestreckt, um dem Kutscher zuzurufen, daß er halten solle, hätte aber dabei vergessen, es niederzulassen, und mein Kopf wäre durch die Scheibe gefahren, so daß er dem Kutscher hätte zwei Schillinge bezahlen müssen, und ich wäre nach unsrer Nachhausekunft zwei Stunden damit beschäftigt gewesen, die Glasscherben aus meinem Hute zu lesen. Was ihn veranlaßt hatte, die Geschichte zu erzählen, war eine Bemerkung der Dame über die Droschke, die sie nach unserm Hause gebracht und deren Kutscher so betrunken gewesen war, daß er nach dem Aussteigen der Dame gleich davon gefahren war, ohne auf sein Fahrgeld zu warten. So, wie John Tressider die Geschichte erzählt hatte, war sie unwahr, obgleich ihr etwas Thatsächliches zu Grunde lag. Aber er erzählte sie so, daß ich in einem ganz lächerlichen Lichte erschien, worin manche Männer ein ganz besonderes Vergnügen zu finden scheinen. Im Augenblick erwiderte ich nichts, sondern warf ihm nur einen vielsagenden Blick zu, aber als die Gäste alle gegangen waren und er allein im Gartenzelte saß und das übrig gebliebene Eis aufaß, nahm ich ihn vor.

»John Tressider,« sagte ich, »ich meine, es wäre Zeit, daß du dich benehmen lerntest, jetzt, wo du Großvater bist.«

»Du meine Güte, Jane, laß doch das!« rief er, »wie kann ein Mensch nur auf den Gedanken kommen, einen daran zu erinnern, daß man Großvater ist, während man den sechsten Teller Erdbeereis in Arbeit hat!«

Er behandelte es als Scherz, allein etwas später erwischte ich ihn im Schlafzimmer, wie er vor dem Spiegel stand und sein Haar untersuchte, das noch jetzt sehr stark und nur wenig ergraut ist, und ich weiß ganz bestimmt, daß er bei sich dachte, er sehe nicht im mindesten wie ein Großvater aus. Doch er wollte seine Rache haben. Lange Zeit nannte er mich zu meiner großen Entrüstung nicht anders, als Großmutter, Und? wenn ich irgend etwas sagte, was ihm nicht gefiel, dann sprach er häufig in Gegenwart andrer: »Nur ruhig, meine Liebe, rege dich nicht auf; vergiß nicht, daß du Großmutter bist.«

Allein wir gewöhnten uns bald an die neue Lage, und meine lieben Enkelkinder brachten mir eine ganz neue Freude in mein Leben, obgleich es manchmal zu Zwistigkeiten über die Namen kam, die sie erhalten sollten. Wenn ich einen Namen auswählte, den ich für eins von meinen Enkelkindern für passend hielt, dann hatte sein Vater stets entschiedene Wünsche in andrer Richtung, und ich mußte natürlich nachgeben.

Der kleine Augustus Walkinshaw war anfangs ein sehr zartes Kind, aber seine Mutter machte viel zu viel Wesen von ihm, und ich mußte ihr offen meine Meinung sagen und sie daran erinnern, daß ich neun Kinder aufgezogen hätte und doch wohl etwas davon verstehen müßte. Sie verhätschelte das Kind zu sehr und machte sich Sorge über den geringsten Luftzug, der es traf, und dann quälte sie sich immer wegen der Form seiner Nase.

Eines Tages traf ich das Kindermädchen mit dem kleinen Augustus, wie es rückwärts ging und mit großer Heftigkeit gegen einen Metzgerjungen gerannt wäre, der einen auf einem Kirchturme arbeitenden Dachdecker mit einer Mulde Fleisch auf der Schulter – der Metzgerjunge hatte die Mulde Fleisch auf der Schulter, nicht der Dachdecker – bewunderte, wenn ich es nicht noch rechtzeitig angerufen und vor der Gefahr gewarnt hätte. Und als ich dem Mädchen sagte, es solle sich was schämen, auf öffentlicher Straße mit einem Kinde auf dem Arme so herumzulaufen, entgegnete es mir, es gehe auf Befehl ihrer Herrin so, da ein kalter Wind wehe und das Kind so davor geschützt werde. Ich sprach sofort mit Sabine darüber und sagte ihr, ein solches Verhalten sei ganz lächerlich, da so verzärtelte Kinder immer kränklich blieben. Allein es half nichts, sie war gleich hinterher gerade so übermäßig ängstlich, und als die kleine Sabine geboren war, fing die Geschichte von vorn an. Mir war dieses Benehmen eine Quelle großen Verdrusses, weil meine älteste Tochter sich vollständig zur Sklavin ihrer Kinder machte und sie kaum jemals außer Sehweite ließ, und wenn sie 'mal von Hause weg war, dann befand sie sich fortwährend in einem Zustande der Aufregung, der für ihre Umgebung geradezu peinlich war. Beständig bildete sie sich ein, es werde während ihrer Abwesenheit ihren Kindern etwas Furchtbares zustoßen, und sie wechselte die Kindermädchen so häufig wegen irgend einer eingebildeten Pflichtversäumnis, daß ihr Name niemals aus dem Buche der Gesindevermietungsanstalt verschwand, woher sie ihre Leute bezog.

Endlich fand sie ein Mädchen, das ihr und den Kindern gefiel; dieses wurde indes bald Herrin im Hause. Sowohl Sabine als auch Augustus fügten sich ihr – sie hieß Anna – in allem, aus Angst, sie zu beleidigen, und Anna brauchte nur mit Kündigung zu drohen, um alles zu erreichen, was sie wollte. Als sie entdeckte, wie groß ihre Macht im Hause war, wurde sie übermütig, und das war nur natürlich. Die Kinder waren damals etwa vier oder fünf Jahre alt und hatten große Anhänglichkeit an Anna, denn diese war die einzige, die sie verstand und richtig behandelte. Als sie dahinter kam, für wie unentbehrlich meine Tochter sie für das Wohlergehen der Kinder hielt, sagte sie alle Augenblicke, sie müsse gehen, oder sie erzählte den Kindern, ihre »Nanna« müsse sie verlassen, und dann weinten die Kleinen und klammerten sich an sie. Der Gedanke an ein neues Kindermädchen war Sabine indes so schrecklich, daß sie Anna in allem nachgab, und um sie am Ausgehen zu verhindern, erlaubte sie ihr, ihre Bekannten und Freunde im Hause zu empfangen. Als ich eines Abends hinüberging, um meine Tochter zu besuchen, hörte ich viel Lachen und lautes Sprechen in der Küche, während ich durch den Hausflur schritt.

»Allmächtiger Himmel, was ist denn los?« fragte ich, »haben denn die Mädchen ein ganzes Regiment Soldaten unten?«

»O nein, Mama,« entgegnete meine Tochter, »es sind nur Annas Verwandte und einige Freunde: ihr Vater und ihre Mutter, ihre Schwestern und Brüder, die Köchin von nebenan und das Hausmädchen von gegenüber.«

Ich war sehr überrascht, daß meine Tochter einen so großen »Anhang« gestattete, und zögerte nicht, meine Meinung über die Sache auszusprechen, wobei ich sie darauf aufmerksam machte, daß ich solche Zustände nie geduldet hätte. Sabine entschuldigte die Sache damit, daß Annas Geburtstag sei, und da sie nicht gern wollte, daß sie für den Tag ausgehe, habe sie ihr gestattet, ihre Verwandten und Freunde zum Thee einzuladen. Ich erklärte das für ganz ungehörig und sagte ihr, wenn sie nicht vorsichtig sei, werde Anna bald Herrin im Hause sein, und so kam es in der That sehr bald. Sabine war eine hingebende Mutter und bildete sich fortwährend ein, ihre Kinder würden von irgend etwas angesteckt werden, und das war ein Grund, weshalb sie nicht gern sah, wenn Anna ihre Angehörigen besuchte, denn sie fürchtete stets, sie könne die Masern, das Scharlachfieber oder etwas Aehnliches mitbringen. Sie machte sich mit ihrer Angst das Leben furchtbar sauer, und Anna zog natürlich Nutzen daraus.

Eines Tages erzählte sie ihrer Herrin, ihr Vetter, mit dem sie verlobt war, sei von der See zurückgekehrt und sie möchte ihn gern zum Thee einladen, und von da an war beständig ein Matrose zum Thee in der Küche. Anna überwarf sich jedoch bald mit dem Matrosen, und dieser ging wieder zur See. Kurz nachher wurde sie plötzlich sehr fromm und fing an, eine benachbarte Kapelle zu besuchen. Diese Kapelle wurde das Kreuz im Leben meiner Tochter, denn Anna wurde eines der eifrigsten Mitglieder und verlangte, viermal wöchentlich zum Abendgottesdienst gehen zu dürfen, nachdem sie die Kinder zu Bett gebracht hatte. Aus Furcht, sie werde kündigen, wagte Sabine nicht, ihr das abzuschlagen, und wenn Anna in die Kapelle ging, mußte sie selbst bei den Kindern bleiben, denn wenn die kleine Sabine aufwachte und niemand fand, weinte sie nach ihrer »Nanna«.

Ich entsinne mich, daß ich einmal die ganze Familie an Johns Geburtstag zum Essen eingeladen hatte, und daß mir sehr viel daran lag, daß alle kämen.

Im letzten Augenblick aber erhielt ich einen langen Brief von Sabine, worin sie mir erklärte, es sei ein besonderes Fest in Annas Kapelle, wobei diese nicht fehlen dürfe, sie (Sabine) müsse deshalb bei den Kindern bleiben.

Ich war entrüstet und schrieb ihr einen sehr ernsten, wenn auch durchaus mütterlichen Brief und sagte ihr, wenn Anna mein Mädchen wäre, würde ich dieser Kapellenlauferei sehr bald ein Ende machen. Ich hätte durchaus nichts dagegen, wenn Dienstboten fromm wären – im Gegenteil – allein ich sei der Ansicht, daß ein Dienstmädchen, das verlange, jede Woche viermal in die Kapelle gehen zu dürfen, ihre Pflicht gegen ihre Herrschaft nicht erfülle, was doch sozusagen auch zur Frömmigkeit gehöre. Man nehme Dienstboten, damit sie die Hausarbeit verrichten, nicht, damit sie in die Kapelle liefen.

Anna blieb noch lange bei ihnen, auch als die Kinder schon so groß geworden waren, daß sie eines Kindermädchens nicht mehr bedurften, einfach, weil weder Sabine, noch Augustus den moralischen Mut hatten, ihr zu kündigen, denn sie wußten, daß die Kinder, die wirklich sehr an ihr hingen, einen Auftritt machen würden. Schließlich ging sie aus freien Stücken, um einen Stadtmissionar zu heiraten, und ich weinte ihr keine Thräne nach. Für meinen Geschmack gab es viel zu viel »Anna« in meiner Tochter Haushalt.

Augustus junior entwickelte sich zu einem aufgeweckten Burschen, war aber außerordentlich zart. Er wuchs so rasch, daß er nicht nur aus seinen Kleidern, sondern auch aus seinen Körperkräften herauswuchs, und da er, wie gesagt, sehr zart war, gaben ihm seine Eltern in allem nach. Er zeigte schon früh eine ganz ungewöhnliche Neigung zur Astronomie und stand immer in der Nacht auf, um die Sterne durch sein Schlafstubenfenster zu betrachten, und wirklich wußte er für ein Kind viel zu viel von Mars, Venus, Saturn und dem Mond.

Als er etwa zwölf Jahre alt war, schenkte ihm sein Onkel John ein großes Teleskop, das auf so einer dreibeinigen Stellage stand und wirklich ein vorzügliches Instrument war. Anfänglich hatte es Augustus junior im Garten aufgestellt, allein da die Sterne die berechtigte Eigentümlichkeit haben, erst nach eingebrochener Nacht zum Vorschein zu kommen, und dann das Gras vom Abendtau feucht war, geriet seine arme Mutter in schreckliche Angst, indem der Doktor die Nachtluft für schädlich für ihn erklärt hatte. Das Teleskop wurde also nach seinem Schlafzimmer gebracht, und da das Fenster ziemlich klein war, mußte er sich auf den Fußboden legen, wenn er den Mond sehen wollte, weil es auf andre Weise nicht möglich war, dem Instrument den richtigen Erhöhungswinkel zu geben. Es war schon für den Jungen schlimm genug, daß er statt im Bett auf dem Magen lag und Mars und Venus anstarrte, allein er bestand darauf, daß ihn sein Vater und seine Mutter bei seinen astronomischen Entdeckungen unterstützten, und so mußte denn die arme Sabine sich auf den Fußboden legen, den Mond ansehen und so thun, als ob sie sich im höchsten Grade für die Ringe des Saturn und die Satelliten des Jupiter interessiere. Es war mir ja ganz recht, daß der Junge sich mit etwas Wissenschaftlichem beschäftigte, obgleich ich etwas Verständlicheres und Nützlicheres als Sterne vorgezogen hätte, aber ich meinte doch, Sabine gehe etwas zu sehr auf seine Wünsche ein, indem sie sich bereit finden ließ, Abend für

Abend auf dem Fußboden zu liegen und ein Auge an das Teleskop, das andre zuzuhalten und den Mond zu betrachten. Sie gestand mir, sie sehe nie mehr, als einen unbestimmten Schimmer, und ihre Lage auf dem Fußboden sei nicht nur unschön für eine ausgewachsene Familienmutter, sondern auch manchmal schmerzhaft.

Eines Abends, als ich in ihrem Hause war, schleppte mich der kleine Augustus ebenfalls hinauf, um mir einen Kometen zu zeigen, oder irgend ein andres wunderbares Ding, das er mit dem von seinem Onkel erhaltenen Teleskop entdeckt hatte. Als er aber verlangte, ich solle mich flach auf den Magen legen, um durch das Teleskop zu sehen, erklärte ich, sein Wort sei mir eine ausreichende Bürgschaft für das Vorhandensein des Kometen, und ich wolle lieber warten, bis er fürs unbewaffnete Auge sichtbar sei, ehe ich meine Meinung über ihn abgebe. Augustus war sehr entrüstet, daß seine Großmutter so wenig Interesse für die Himmelskörper bewies, aber ich erklärte ihm, daß in meinem Alter Kenntnisse, die nur durch längeres Liegen auf dem Magen, Zuhalten eines Auges und Anpressen des andern an ein Stückchen Glas zu erlangen seien, wenig Reiz für mich hätten. Ich wußte sein Interesse für die Astronomie zwar sehr zu würdigen, aber ich sagte ihm, daß ich das meinige infolge besonderer Umstände auf das Beobachten einer Sonnenfinsternis durch ein über der Lampe geschwärztes Stückchen Glas beschränkt habe. Nach dieser Erklärung betrachtete er seine Großmutter, glaube ich, mit etwas geringschätzigen Augen, und er zog mich nie wieder ins Vertrauen hinsichtlich der Himmelskörper. Allein ich hörte von seiner Mutter, daß er in einem Monat drei verschiedene Sterne entdeckt, die er noch nie vorher gesehen hatte, und daß er sich drei verschiedene Male erkältet habe, und zwar einmal so schwer, daß er zu Bett liegen mußte und Senfpflaster auf die Brust bekam. Und gerade in der Nacht, wo er das Senfpflaster liegen hatte, kam seine arme Mutter zu ihrem nicht geringen Schrecken gerade in sein Zimmer, als er, bloß mit Nachthemd und Senfpflaster bekleidet, vor dem offenen Fenster auf dem Boden lag und die Venus betrachtete. Doch er erklärte, es sei ihm nichts andres übrig geblieben, denn es sei ihm plötzlich eingefallen, daß gerade in der Nacht etwas mit diesem Planeten einträte, was erst in hundert Jahren wieder vorkomme, und da er vermutlich nur wenig Aussicht habe, die Erscheinung dann studieren zu können, habe er es für erforderlich gehalten, diese Gelegenheit nicht zu versäumen.

Meine arme Sabine war natürlich außer sich, schmeichelte ihn wieder ins Bett, deckte ihn sorgfältig zu und schrieb am nächsten Tage an John. Sie hoffe, sagte sie ihm, er werde nie wieder einer besorgten Mutter liebevolles Herz brechen, indem er einem schwachen Kinde mit zarter Brust ein Teleskop schenke, das nur bei offenem Fenster gebraucht werden könne.

In der letzten Zeit ist mein Enkel Augustus kräftiger geworden, und obgleich seine hingebende Mutter darüber jubelt, wird ihre Freude doch erheblich dadurch beeinträchtigt, daß er mit Leidenschaft körperliche Uebungen, namentlich Cricketspiel und Radfahren, treibt. Beim Cricket hat er übrigens meistens Pech, obgleich seine Mitschüler behaupten, er sei ein guter Spieler. Einmal ist er schon mit einem geschwollenen und blauen Auge nach Hause gekommen, da ihm ein Ball hineingeflogen war, und einmal hat er sich den Fuß verrenkt. Er spricht nie seine Absicht aus, zum Cricketspiel zu gehen, ohne seiner Mutter Herzklopfen zu verursachen, und auch seine Abenteuer beim Radfahren machen ihr große Sorgen, Ich fürchte, er ist etwas wagehalsig. Vielleicht sieht er auch den Himmel an und studiert die Sonne, statt auf den Weg zu achten; jedenfalls hat er eine ganz eigentümliche Fertigkeit, sich ganz ungeheuer rasch und plötzlich von seinem Rade zu trennen und seinem Gesicht, seinen Knieen und seinen Kleidern auf der Landstraße beträchtlichen Schaden zuzufügen, ganz zu schweigen von der furchtbaren Abnützung seiner Anzüge. Im ganzen würde Sabine, glaube ich, glücklicher sein, wenn er sich auf sein Teleskop beschränkte. Beschäftigt er sich in seiner Schlafstube damit, die Sterne zu begucken, dann weiß sie wenigstens, was aus ihm geworden ist, geht er aber zum Cricketspiel oder zum Radfahren, dann hat sie immer ein Vorgefühl, er werde auf einer Tragbahre wieder nach Hause gebracht werden.

Meine Enkelin Sabine hat schriftstellerische Anlagen. Schon im Alter von sechs Jahren pflegte sie kurze Geschichten auf ihre Schiefertafel zu schreiben, mit sieben griff sie, mit schrecklichen Folgen für die Tischdecken, ihre Schürzen und ihre Finger, zu Feder und Tinte, und mit zehn Jahren begann sie ihre eigene Lebensgeschichte und Erinnerungen zu schreiben, die sich hauptsächlich mit dem Leben und den Abenteuern der verschiedenen Katzen und Hunde beschäftigten, die zur einen oder andern Zeit Glieder der Familie gewesen waren.

Ihr Bruder hält ihre Geschichten für »Quatsch«, aber ihr Vater und ihre Mutter erblicken Anzeichen zukünftiger Größe darin. Die Erzählungen haben die Besonderheit, daß in keiner einzigen auch nur die entfernteste Andeutung auf Jungen vorkommt; mit Ausnahme der Hunde und Katzen sind alle Charaktere weiblichen Geschlechts. Selbst in den Märchen, die sie schreibt, werden keine Jungen erwähnt, alle Feen sind junge Damen, und unter keinen Umständen haben sie Liebhaber oder wissen überhaupt etwas von Liebe, außer der Liebe zu einander und zu ihren Hunden und Katzen.

Die Feenkönigin überschüttet einen Kanarienvogel mit Koseworten und verwandelt einen bösen Hund in einen Mistkäfer, aber noch nicht einmal ein Säugling männlichen Geschlechtes kommt in der ganzen Sammlung vor, womit meine Enkelin Sabine mehrere Hefte gefüllt hat.

Die Unterhaltung der handelnden Personen ist in gewissem Sinne realistisch, denn sie ist dem Leben entnommen. Die kleine Sabine hat nämlich die Gewohnheit, ihrer Eltern Gespräche in ihren Geschichten zu verwerten, was bei einer Gelegenheit zu ganz überraschenden Folgen führte.

Augustus Walkinshaw ist, wie alle Männer, zuweilen etwas krittelig. Eines Abends, wo die kleine Sabine im Zimmer saß und eine Geschichte schrieb, ohne daß er es wußte, ärgerte er sich über eine Schachtel Streichhölzer. Nachdem er ein halbes Dutzend angestrichen hatte, ohne daß eins gehörig anging, rief er: »Hol der Teufel die Streichhölzer; ich wollte, der Mensch, der sie gemacht hat, säße, wo der Pfeffer wächst!«

Nicht lange danach unterhielt sich die Mutter der kleinen Sabine einmal mit dem Geistlichen der Gemeinde, der sie besuchte, und erzählte ihm, wie gern die Kleine Geschichten schrieb. Der Geistliche bat, einige Proben sehen zu dürfen, und die stolze Mutter ließ sich unschwer überreden, ging hinauf und brachte das ihrer Tochter neueste Leistungen enthaltende Heft herunter.

Der Geistliche las einige Seiten mit großem Interesse. Zwei junge Prinzessinnen haben ihre Last mit ihrem Hausmädchen, das an seinem Ausgehsonntage nie um zehn Uhr zu Hause ist. Sie kommen überein, ihre Patin, eine Fee, zu bitten, das unartige Mädchen in eine Kröte zu verwandeln, wenn es jemals wieder über die Zeit ausbleibe. Am nächsten Sonntag kommt das Mädchen um elf, und die Prinzessinnen sind so entrüstet, daß sie ihre Patin herbeirufen und sie bitten, das Mädchen sofort in eine Kröte zu verwandeln. Die Patin läßt einen großen Zauberkessel ins Zimmer bringen, und als das Holz daruntergelegt ist, ergreift sie eine Schachtel Streichhölzer, um das Feuer anzuzünden, aber ein Streichholz nach dem andern versagt, und endlich ruft die Feenpatin: »Hol der Teufel die Streichhölzer; ich wollte, der Mann, der sie gemacht hat, säße, wo der Pfeffer wächst!«

Als der Geistliche soweit gekommen war, ließ er das Heft sinken.

»Du meine Güte!« sagte er, »ich hätte nicht geglaubt, daß ein Kind von sieben Jahren seinen Feen so starke Ausdrücke in den Mund legen würde.«

Die arme Sabine nahm das Buch, las die Geschichte und wurde feuerrot. Sofort war ihr klar, daß das Kind die Worte von seinem Vater aufgeschnappt hatte. Unter diesen Umständen hielt sie es für geraten, das Heft zu schließen und davon abzusehen, dem Geistlichen noch mehr Geschichten zuzumuten, denn sie fürchtete, daß selbst noch stärkere Ausdrücke ihren Weg in die Unterhaltung der Feen gefunden haben möchten.

Kleine Töpfe haben große Henkel, und Eltern können nicht vorsichtig genug sein, wenn sie in Gegenwart ihrer Kinder sprechen. Ich habe 'mal ein kleines Mädchen gekannt, das in einer Kindergesellschaft zum Entsetzen der Anwesenden einen sehr starken Ausdruck brauchte, weil ihr ein Junge zufällig auf den Fuß getreten hatte, und das war ganz allein die Schuld ihres Papas. Dieser litt an der Gicht und hatte denselben Ausdruck gerade an dem Morgen gebraucht. als der Bediente beim Zurechtstellen des Schemels, worauf der kranke Fuß ruhen sollte, diesen zufällig berührt hatte.

Hauptsächlich sind Hunde die Helden in der kleinen Sabine Geschichten, und das kommt daher, weil ihre Mutter und ihr Vater in wirklich übertriebener Weise an einem Bullterrier »Jack« hängen,

Jack ist Herr des Hauses: wenn er sich auf den Sorgenstuhl legt, dann wartet Augustus, bis es ihm gefällig ist, sich wieder zu erheben; macht er sich's zu einem Mittagsschläfchen auf dem Sofa im Empfangszimmer bequem, dann wagt niemand, ihn zu stören. Er trägt ein großes Messinghalsband, worauf sein Name, seine Wohnung und eine fabelhafte Belohnung für den ehrlichen Finder, im Falle er verloren gehen sollte, eingraviert sind. Schläft der kleine Jack abends auf Sabines Schoß ein, dann geht sie, um seinen Schlummer nicht zu unterbrechen, nicht eher zu Bett, als bis er von selbst wieder erwacht ist. Wenn der kleine Augustus erkältet ist und zu Bett liegen muß, dann wird die alte Wiege, die zuletzt für die kleine Sabine gebraucht morden ist, als Bett für Jack hergerichtet und in des kleinen Augustus Schlafzimmer gestellt, Jack speist mit der Familie, er hat seinen eigenen Stuhl und ist darauf abgerichtet, aus einer kleinen Porzellanschüssel zu fressen, die ihm die Kinder zu seinem letzten Geburtstage geschenkt haben und die den Namen »Jack« in goldenen Buchstaben trägt. Jack hat für den Winter einen Ueberrock, weil seine Brust etwas empfindlich ist, auch besitzt er einen Regenmantel für feuchtes Wetter, kurz und gut, es wird ein Wesen um ihn gemacht, als ob er ein Mensch wäre. Eines Tages hatte er sich verlaufen, und als er zurückgebracht wurde, umarmten und küßten sie ihn alle der Reihe nach. Und einmal, wo Jack wirklich ernstlich an Lungenentzündung erkrankt war und der Tierarzt die Hoffnung auf seine Wiederherstellung ziemlich aufgegeben hatte, da war die ganze Familie – – – Allein ich muß die Geschichte der Walkinshaws und der Nacht, wo sie glaubten, Jack werde sterben, für eine andre Gelegenheit aufsparen.

Ich kam zufällig an jenem Abend ins Haus und konnte meine Meinung über dieses alberne Gethue nicht zurückhalten, denn Augustus und Sabine waren wahrhaftig ganz so einfältig, wie meine Enkel. Ich sagte, es sei abgeschmackt, obgleich ich selbst Tiere sehr gern habe. Als ich eintrat, standen sie alle weinend um ihn. Er lag auf einem Teppich, und als Augustus, der jüngere, aufsah und mich erblickte, sprach er zu dem Hunde: »Jack, lieber Jack, sieh doch, da ist deine liebe Großmama, um dich zum letztenmal zu besuchen.«

Ich bin selbst eine gefühlvolle Frau, aber auf Bullterriers erstreckt sich meine Empfindsamkeit nicht.

Dreizehnte Erinnerung.

Lavinia.

Ich hätte niemals geglaubt, daß meine Tochter Lavinia die beste Partie von der Familie machen würde, aber sie that es. Als Kind war sie ungewöhnlich zart, und ich habe mich fast über sie zu Tode geängstigt, denn sie bekam alles, was in der Luft lag, und war bis zu ihrem achtzehnten Jahre immerfort in den Händen des Doktors.

Aber obgleich so zart, war sie doch das munterste und ausgelassenste kleine Ding, das man sich denken kann. Niemals habe ich ein Kind gekannt, dem so viel zugestoßen wäre. Ehe sie sieben Jahre alt war, hatte sie sich beim Spielen mit Streichhölzern in Brand gesteckt; sie war aus dem Fenster des ersten Stocks aufs Dach des Gewächshauses gefallen und von da in den Garten gerollt, glücklicherweise, ohne sich ernstlich Schaden zu thun; sie hatte sich auf der Straße vor einem Laden den Fuß in ein eisernes Gitter geklemmt und mußte schreiend aushalten, bis ein Schlosser oder etwas Aehnliches geholt worden war und die Stange durchgesägt hatte, und sie war mit dem Kopfe zuerst in ein für ihre Schwester bereitetes heißes Bad gefallen. Sie behauptete immer, sie könne nichts dafür, sie thue nichts, um diese Unfälle herbeizuführen, und ich weiß nicht, ob das Kind nicht in gewisser Weise recht hatte. Aber daß sie vorfielen, ist Thatsache, sie war eben ein kleiner Pechvogel. Sie hatte das Pech, daß sie jede ansteckende Krankheit kriegte, die gerade herrschte, und sie hatte das Pech, daß ihr alle Unfälle zustießen, die Kindern zustoßen können.

Wir nannten sie auch jahrelang »Lavinia, der Pechvogel«, und ich war im stillen fest überzeugt, daß sie ihr ganzes Leben Unglück haben werde. Aber es kam anders. Sie hatte Glück in der Liebe, sie hatte das Glück, eine sehr gute Partie zu machen, und ich muß hinzufügen, sie hatte Glück in der Wahl ihres Gatten.

Sie und Charles Wigram – das ist der Name ihres Mannes – passen vorzüglich zusammen. Beide von ruhiger und liebenswürdiger Gemütsart, nehmen sie das Leben, wie es kommt, und gehen in der gelassenen und zufriedenen Weise durchs Dasein, die ein großer Segen für die ist, die es fertig bringen, es so zu nehmen.

Ich kann's nicht, ich habe es nie gekonnt und werde es nie können. Ich bin eine in hohem Grade empfindsame, nervöse Frau, und die geringste Kleinigkeit bringt mich aus Rand und Band. Auch arten mir meine Kinder in dieser Hinsicht nach; Lavinia ist die einzige Ausnahme. Sie ist so ruhig und gleichmütig wie ihr Vater, und da sie zart ist, müssen wir das als ein Glück ansehen. Wäre sie gewesen, was man einen »Grillenfänger« nennt, dann würde sie wahrscheinlich jung gestorben sein. Sie läßt sich nie aus dem Gleichgewicht bringen, und nun ist sie glücklich verheiratet und mit zwei reizenden Kindern gesegnet, die die ungewöhnliche Neigung zu beunruhigenden Zufällen von ihr geerbt haben. Wie oft sie um Haaresbreite ernsten Gefahren entgangen sind, wie sie Erkältungen, Masern, Keuchhusten, Ziegenpeter und andre Krankheiten gehabt haben, die gerade Mode waren, ist gar nicht zu sagen. Aber sie macht sich nicht so viele Sorgen um ihre Kinder, als ich mir um meine gemacht habe. Sie ist eine treue Mutter, aber sie nimmt es ein für allemal als feststehend an, daß alles schließlich gut abläuft, und sie geht durchs Leben, als ob sie, um mich dichterisch auszudrücken, auf Rosen wandle.

Eines Tages kam sie in den Garten ihres Landhauses und erblickte ihren fünfjährigen Jungen auf der obersten Sprosse einer hohen Leiter, die die Arbeiter beim Ausbessern des Daches hatten stehen lassen. Ich hätte geschrieen und die Hände gerungen. Meine Tochter Lavinia that nichts dergleichen. Sie blickte ruhig in die Höhe und sprach: »Du ungezogener Junge, gleich kletterst du aufs Dach, und da bleibst du, bis ich dich hole.«

Sie wartete, bis der Junge das an dieser Stelle flache Dach erreicht hatte, ging dann ruhig die Treppe hinauf und holte ihn durchs Bodenfenster herein.

Ich hätte so was nicht fertig gebracht, und wenn es mein oder des Kindes Leben gegolten hätte, aber das ist einer der Vorteile, wenn man keine Nerven hat und alles gelassen hinnimmt. Ich glaube, ihre vollkommene Ruhe in einem Augenblick großer Gefahr hat ihr den Gatten gewonnen, obgleich auch ihr unfreiwilliger Hang zu Unfällen etwas damit zu thun hatte.

Sie und ihre Schwester ritten eines Morgens in Begleitung ihres Reitlehrers spazieren, und sie trabte um eine Ecke, während der

Stallmeister abgestiegen war, um einen Gurt am Sattel ihrer Schwester fester zu ziehen. Gerade als sie um die Ecke bog, ließ ein nichtsnutziger Junge einen Drachen dicht vor der Nase ihres Pferdes steigen, und dieses ging durch. Lavinia schrie nicht, sondern hielt sich so fest, als sie konnte, und versuchte, ihr Pferd zu zügeln, allein das Tier hielt nicht eher an, als bis es seinen Stall erreicht hatte, und dann rannte es durch die offene Thür, so daß sie sich fast flach auf den Rücken des Pferdes legen mußte, um der Gefahr zu entgehen, sich den Kopf am Thürbalken zu zerschmettern.

Sowie die Stallknechte das Tier gefaßt hatten, glitt sie hinunter und bestieg ein andres, das gerade hereingeführt worden und noch gesattelt war.

»Um alles in der Welt, Fräulein,« riefen die Stallknechte. »Sie wollen doch nicht wieder fortreiten?«

»Natürlich,« antwortete Lavinia, »ich muß machen, daß ich wieder zu meiner Schwester komme, sonst ängstigt sie sich,« und sie ritt ihrer Schwester entgegen, die bald nachher mit dem Stallmeister, beide totenbleich, ankam. Das war in der That sehr brav von ihr und zeigt, wie ruhig sie alles hinnimmt, und dieser Vorfall hatte zuerst Mr. Wigrams, eines in der Nähe wohnenden jungen Herrn, Aufmerksamkeit auf sie gelenkt. Er hatte auf der Straße gesehen, wie das Pferd in den Stall rannte, und war sehr erstaunt, Lavinia sofort auf einem andern wiedererscheinen zu sehen, so ruhig und gesammelt, als ob nichts Ungewöhnliches vorgefallen wäre.

Er war mit einem meiner Söhne bekannt und schon mehrere Male in unsrem Hause gewesen; nach diesem Vorfalle aber erzählte er jedermann, es sei das unerschrockenste Benehmen gewesen, das er jemals von einer Dame gesehen habe, und von da an erwies er Lavinia sehr viel Aufmerksamkeiten, wenn er sie auf Bällen oder in Gesellschaft traf, und schließlich verlobten sie sich.

Es war eine ausgezeichnete Partie, denn bei all ihrer Unerschrockenheit und Ruhe war meine liebe Lavinia doch nicht dazu gemacht, ein hartes Leben zu ertragen oder einen armen Mann zu heiraten. Charles Wigram lebte bei seiner Mutter, einer Witwe, und hatte neben Erwartungen von einigen reichen Verwandten schon jetzt ein schönes Einkommen. Sehr bald, nachdem er angefangen hatte, Lavinia auszuzeichnen, starb ein Onkel und hinterließ ihm dreißigtausend Pfund Sterling. Mit dem, was er von seinem Vater geerbt hatte, genügte es, um seine Verhältnisse sicher und sehr behaglich zu gestalten, und ich wußte, daß Lavinia gut versorgt war. Das Durchgehen ihres Pferdes sei diesmal von einigem Nutzen für sie gewesen, meinte ich, aber ich war immer in einer gräßlichen Angst, wenn sie später ausritt, und fand nicht eher Ruhe, als bis sie glücklich wieder zu Hause war.

Wenn die Mädchen ein wenig länger als gewöhnlich ausblieben, dann ging ich hinaus und schaute vor der Hausthür nach ihnen aus. Einmal, wo sie etwa eine halbe Stunde später kamen, als ich sie erwartete, fanden sie mich händeringend an der Thür des Vorgartens, und Lavinia sagte, sie müsse unter diesen Umständen die Spazierritte in London aufgeben.

Es thue mir sehr leid, entgegnete ich, aber ich sei so nervös und ängstlich, daß ich nicht anders könne, und obgleich sie mich wahrscheinlich für sehr thöricht hielten, sei es doch nur mein liebendes Mutterherz und ein Nervensystem, das durch die von einer großen Familie unzertrennlichen Sorgen und Schwierigkeiten, sowie einen Mann, der nie zu Hause sei, wenn etwas Unangenehmes vorfalle, erschüttert sei.

Als Lavinia und Mr. Wigram verheiratet waren, lebten sie auf dem Lande, auf einer reizenden Besitzung in Oxfordshire, die er gekauft hatte, und ich sah nicht so viel von meiner Tochter, als ich wohl gewünscht hätte. Aber wenn sie in die Stadt kamen, wohnten sie bei uns, und bei diesen Besuchen hatte ich Gelegenheit, Mr. Wigrams Charakter kennen zu lernen und zu sehen, wie herrlich sie zusammen paßten.

Ich glaube, wenn eine Bombe zwischen ihnen geplatzt wäre, während sie zusammen auf dem Sofa saßen, keins von beiden würde seinen Platz übereilt verlassen haben. Sie hatten es niemals eilig. Zum Beispiel entsinne ich mich noch, wie ich einmal mit ihnen in der Oper war und wir beim Hinausgehen in ein großes Gedränge gerieten. Unser Wagen fuhr vor, wurde aber von der Polizei wieder weggeschickt, weil er den Weg versperrte, worüber ich höchst entrüstet war, weil ich sah, daß wir wenigstens eine halbe Stunde warten mußten, ehe er wieder vorfahren konnte, und da es regnete, war es unmöglich, auf die Straße zu gehen und ihn aufzusuchen. Mr.

Wigram und Lavinia aber blieben vollkommen ruhig. »O, das ist ja ganz schön,« sagte er; »kommt nur her, wir wollen uns setzen, bis er wieder vorfährt. Bis dahin werden die meisten Leute fortgefahren sein.« Und darauf setzte er sich ganz kaltblütig im Vestibül oder Foyer, oder wie's im Opernhaus genannt wird, auf ein Sofa, zog eine Zeitung aus der Tasche und fing an, die »Städtischen Neuigkeiten« zu lesen, und Lavinia nahm an seiner Seite Platz. Da wurde ich ärgerlich und sagte ihnen meine Meinung, aber er sah mich an und sprach ganz ruhig: »Was kann's nützen, sich aufzuregen? Wir werden schon nach Hause kommen.«

Ich könnte nicht so sein; ich muß mich ärgern, und ich habe niemals eine Minute länger warten können, als unbedingt nötig war. Die ruhigen, gelassenen Leute, die die Dinge nehmen, wie sie kommen, sind wahrscheinlich viel glücklicher, aber diese Ruhe ist ihnen angeboren; sie kommt nie später, wenn man sie nicht mit zur Welt bringt.

Nie trete ich eine Reise an, ohne schon Stunden, bevor der Wagen kommt, in einem Zustande der größten Nervenaufregung zu sein. Ich bin unruhig, ob alles richtig gepackt und nichts vergessen ist, ich mache mir Sorgen, daß während meiner Abwesenheit etwas schief gehen möchte, ich werde ängstlich und ungeduldig, wenn der Wagen nicht auf die Minute da ist, und ich habe nicht eher Ruhe, als bis ich im Zuge sitze, und dann mache ich mir während der ganzen Zeit meiner Abwesenheit Sorgen wegen des Hauses, der Dienstboten, Mr. Tressiders und der Kinder, und so geht's weiter, bis ich wieder nach Hause komme, und dann fangen die Sorgen erst recht an, denn ich finde sicher, daß etwas Unangenehmes vorgefallen ist.

Natürlich weiß ich sehr wohl, daß das sehr thöricht ist, aber ich kann meine Natur nicht ändern, und meine Natur ist, mir Sorgen zu machen. Meine Tochter Lavinia und mein Schwiegersohn Wigram können auch ihre Naturen nicht ändern, und die lassen sie alles leicht nehmen.

Einmal gaben sie, während ich bei ihnen in Oxfordshire zum Besuche war, eine große Gartengesellschaft, wozu fast die ganze Nachbarschaft eingeladen war. Sie hatten umfassende Vorbereitungen getroffen und beim Zuckerbäcker der nahe gelegenen Stadt viele Sachen wie Eis und dergleichen bestellt. Am Tage, wo die Gesellschaft stattfinden sollte, regnete es wie mit Kannen, und es herrschte ein heftiger Sturm.

»Du meine Güte!« rief ich, als ich aus dem Fenster blickte und sah, was für Wetter war. »Bei dem Wetter wird kein Mensch kommen.«

Natürlich erwartete ich, daß meine Tochter und ihr Mann sehr unruhig sein würden, besonders da sie sich auf eine große Anzahl von Gästen eingerichtet hatten. Allein nichts dergleichen, Lavinia betrachtete sich den Regen, der in Strömen vom Himmel fiel.

»Nein,« sagte sie, »ich glaube nicht, daß viele kommen werden.« Und Charles lachte und meinte: »Wenn überhaupt jemand kommt, wäre es rätlich, nach dem nächsten Irrenhause zu schicken.« Darauf zündete er sich eine Cigarre an, ging ins Billardzimmer und spielte den ganzen Vormittag mit sich selbst Billard, gerade als ob nichts Unangenehmes vorgefallen wäre.

Der Regen hörte den ganzen Tag nicht auf, und am Nachmittag wehte ein solcher Sturm, daß im Park ein paar Bäume umgerissen wurden. Keine Menschenseele kam, und das war unter den Umständen auch nicht zu verwundern.

Ich hätte mich in eine furchtbare Aufregung über eine solche Verdrießlichkeit hineingearbeitet; Lavinia und ihr Mann thaten das aber nicht. Sie machten ihre Späße über die Masse von Erfrischungen, die im Hause waren, und fragten, wie viel Eis ich mich zu essen getraute, und als die Zeit vorüber und es sicher war, daß niemand mehr komme, ließen sie das Eis hereinbringen, worauf wir uns alle an den Tisch setzten und vertilgten, soviel wir konnten. Den Rest erhielten die Dienstboten, und am nächsten Tage wurde das Backwerk und alles, was sich nicht hielt, unter die Leute des Gutes und die Schulkinder verteilt. Und nicht einen Augenblick von Anfang bis zu Ende ließen der enttäuschte Wirt und die Wirtin durch das geringste Zeichen merken, daß sie der Vorfall verdrossen oder geärgert hätte. Sie nahmen die Sache so ruhig hin, als ob es gar nichts Besonderes wäre, und am Abend saßen sie zusammen und sprachen über das Wetter und freuten sich, denn das Land hatte Regen sehr nötig.

Mein Schwiegersohn ist auch Friedensrichter und muß die Leute wegen Oststehlens, Rübenausreißens, unbefugten Holzlesens und Gehens auf verbotenen Wegen verurteilen.

Eines Tages hatte er als Richter bei der Verurteilung eines sehr übel verrufenen Menschen wegen Mißhandlung des Dorfwirtes zu vierzehn Tagen Gefängnis mitgewirkt. Der Kerl, der nach dem, was ich später hörte, wohl nicht ganz recht im Oberstübchen war, glotzte die Beamten an, während er abgeführt wurde, und als seine Augen auf Mr. Wigram fielen, auf den er einen Zahn hatte, weil er (der Kerl, nicht Mr. Wigram) früher Pächter gewesen, wegen schlechter Aufführung aber entlassen worden war, rief er: »Warten Sie nur, bis ich wieder frei komme, dann werde ich's Ihnen schon eintränken!« Mr. Wigram ließ den Menschen sofort wieder vorführen und stellte den Antrag, die Strafe zu verschärfen, da man nicht dulden dürfe, daß Richter im offenen Gerichtshofe bei Ausübung ihres Amtes bedroht würden, und der Kerl erhielt einen Monat.

Als Mr. Wigram am Nachmittag nach Hause kam, erzählte er seiner Frau den Vorfall. »Der schwarze Jack (unter diesem Namen war der Mensch in der Nachbarschaft bekannt) hat mir heute gedroht, und ich habe ihm dafür einen Monat aufgebrummt. Wenn er wieder frei wird, werden wir ein wenig aufpassen müssen; denn er wird vielleicht versuchen, in den Hühnerhof oder den Park zu gelangen und irgend etwas anzustellen.«

Hätte Mr. Tressider mir erzählt, er sei bedroht worden, dann hätte ich eine furchtbare Angst gehabt. Es ist ihm auch thatsächlich einmal etwas Aehnliches zugestoßen, und ich habe jahrelang in Furcht gelebt und denke noch jetzt nicht gern daran.

Mr. Tressider ging nämlich eines Abends auf der Straße, als plötzlich ein Mann aus dem Gedränge auf ihn stürzte, ihm Uhr und Kette wegriß und damit entfloh. Mein Mann schrie: »Dieb, Dieb, Dieb!« und rannte hinterher. Der Kerl wurde angehalten und der Polizei übergeben, und mein Mann erschien bei der Gerichtsverhandlung als Zeuge gegen ihn. Man erkannte einen alten Verbrecher in dem Verhafteten und er erhielt zwölf Monate. Als er die Anklagebank verließ, rief er meinem Manne zu: »Dafür sollen Sie büßen, wenn ich wieder frei bin.«

Nachdem mir Mr. Tressider dies mitgeteilt hatte, vermochte ich den Gedanken nicht los zu werden, daß man ihn eines Tages ermordet auf der Straße oder im Garten finden, oder daß dieser Mensch in der Nacht einbrechen und ihn im Bett umbringen werde. Ich wurde ganz nervenschwach darüber, und als etwa ein Jahr später mein Mann einmal nicht zu Tische nach Hause kam, wie ich erwartete, und es sehr spät wurde, ohne daß ich ein Telegramm oder sonst eine Nachricht von ihm erhielt, da war ich fest überzeugt, der Mensch habe seine Drohung ausgeführt. Als Mitternacht kam, aber kein John, da ging ich aus und rannte geradeswegs nach der Polizeiwache – ich zitterte wie Espenlaub – und gab dem Inspektor alle Einzelheiten betreffs meines Mannes Aeußeren, der Kleider, die er anhatte, der Zeichen in seiner Wäsche und so weiter an. Dann ging ich wieder nach Hause, setzte mich im Vorgarten auf einen umgestülpten Blumentopf und schluchzte, bis ich seine Schritte hörte. So außer mir ich aber auch war, konnte ich es doch nicht unterlassen, ihm ordentlich meine Meinung zu sagen. Seine Entschuldigung, er habe einen alten Schulkameraden getroffen, mit dem er gegessen habe und dann ins Theater gegangen sei, ließ ich nicht gelten. Er habe auch einem Droschkenkutscher zwei Schillinge gegeben und ihn beauftragt, mir ein Briefchen zu bringen; allein ich habe nichts erhalten, der Kutscher muß wohl die zwei Schillinge in die Tasche gesteckt und das Briefchen zerrissen haben. Ich entgegnete, es sei grausam, mir eine solche Angst einzujagen, namentlich, wo gerade der Mensch aus dem Gefängnis gekommen sei, der ihm Rache geschworen habe, und dann sagte ich ihm, ich sei auf der Polizeiwache gewesen und hätte dort eine vollständige Personalbeschreibung von ihm abgegeben.

Darüber wurde er wütend und hatte wirklich die Kühnheit, zu sagen, ich hätte mich furchtbar lächerlich gemacht und würde die Zielscheibe des Spottes für die ganze Nachbarschaft abgeben, Frauen, die eheliche Zuneigung für ihre Männer an den Tag legen, sind in deren Augen natürlich immer lächerlich, aber wenn wir einmal nicht mehr da sind, dann vermissen sie uns doch.

Es dauerte ein volles Jahr, bis ich aufhörte, mir wegen Johns Sorge zu machen, wenn er länger ausblieb, als ich erwartete, denn immer mußte ich an den Menschen denken, der die Uhr und Kette gestohlen und dann Rache geschworen hatte. Aber jetzt sind es schon viele Jahre her, und es ist meinem Manne nie etwas auf der Straße zugestoßen. Ich glaube, der Mensch hat sich eines Bessern besonnen, als er aus dem Gefängnis kam, oder er ist vielleicht auch von neuem verurteilt worden, ehe er Zeit gefunden hatte, an seine Rache zu denken.

Meine Tochter und ihr Mann waren nicht ganz so glücklich. Etwa zwei Monate nach dem Zwischenfall mit dem schwarzen Jack saß Lavinia eines Sommerabends spät im Eßzimmer, das nach dem Rasenplatz geht, als sie wahrzunehmen glaubte, daß sich etwas im Schatten der Bäume bewege, Charles war in der Stadt, von wo er erst mit dem letzten Zuge zurückerwartet wurde, und der Kutscher war bereits nach dem Bahnhofe gefahren, um ihn abzuholen. Die Mädchen hatten die Erlaubnis zum Besuche eines Cirkus, der in der Nähe seine Vorstellungen gab, und so war außer Lavinia niemand im Hause, als die Köchin, eine dicke und sehr furchtsame Person, und die Amme, die sich einer heftigen Erkältung wegen zu Bette gelegt hatte.

Lavinia, die keine Furcht hatte, und wenn ihr mitten in der Nacht ein Geist erschiene, rief: »Wer da?« doch als sie keine Antwort erhielt, glaubte sie, sie habe sich getäuscht. Sie stand auf, ging ans andre Ende des Zimmers, um ein Streichholz zu holen und die Lampe anzuzünden. Da, als sie während des Suchens nach den Streichhölzern ein Geräusch hörte und sich umwandte, sah sie, daß die Glasthüre offen und ein Mann im Zimmer stand.

Sie hatte keine Zeit mehr, noch weiter zu suchen, und es war zu dunkel, um mehr als nur unbestimmte Umrisse sehen zu können.

»Wer sind Sie, und was wünschen Sie?« fragte sie vollkommen ruhig.

»Ich bin der schwarze Jack und muß Mr. Wigram sprechen,« war die Antwort.

»Er ist nicht zu Hause,« versetzte sie ebenso ruhig, obgleich sie nun wußte, mit wem sie es zu thun hatte, »Wollen Sie wiederkommen, oder seine Rückkehr abwarten?«

Der Mann schien über ihre Ruhe überrascht zu sein und trat mit zögernden Schritten etwas mehr in die Mitte des Zimmers. In diesem Augenblick berührte ihre Hand etwas Kaltes auf dem Buffett, und sie erkannte an der Form, daß es eine Pistole war. Sie nahm sie rasch auf und trat entschlossen auf den Menschen zu.

»Ich will Ihnen nichts zu leide thun, aber da Sie kein Recht haben, zu dieser Stunde hierher zu kommen, und Sie vielleicht beabsichtigen, mir etwas zuleide zu thun, so schieße ich Ihnen diese Pistole ins Gesicht ab, wenn Sie sich nicht augenblicklich dort auf den Stuhl setzen,« und sie wies auf einen Stuhl.

Der Mann zögerte.

Sie spannte die Pistole; er hörte das Knacken des Hahnes, steckte die Hand in die Tasche und brachte etwas zum Vorschein, was wie ein Totschläger aussah.

»Ihre Späße können Sie sich bei mir sparen,« rief er, »oder –«

»Setzen Sie sich, oder ich schieße!«

Sie erhob die Pistole, und dunkel, wie es war, konnte der Mann doch sehen, daß sie sie auf ihn richtete.

Er setzte sich auf den Stuhl.

»So, nun werde ich Ihnen sagen, was ich vorhabe,« sprach Lavinia. »Ich werde Sie hier behalten, bis Mr. Wigram wieder da ist, der in ein paar Minuten kommen wird. Sie können dann Ihre Angelegenheiten mit ihm besprechen, denn ich verstehe vermutlich doch nichts davon. Aber da Sie wahrscheinlich hungrig sind, will ich klingeln und Ihnen etwas zu essen bringen lassen. Möchten Sie gern etwas essen?«

Der Mann zögerte eine Weile, nahm dann aber das Anerbieten an. Lavinia ging rückwärts nach dem Klingelzug und klingelte, worauf die Köchin eintrat.

»Bringen Sie für diesen Herrn etwas kaltes Fleisch, Brot und Gurken,« sagte sie zu dieser.

Die Köchin konnte im Dunkeln nicht sehen, wer es war, und fragte deshalb: »Soll ich das Gas anzünden?«

»Nein, wir brauchen noch kein Licht, bringen Sie nur, was ich gesagt habe.«

Die Köchin entfernte sich, und sowie sie gegangen war, erhob Lavinia die Pistole wieder, um dem Menschen zu zeigen, daß sie auf alle Fälle vorbereitet sei. Die Köchin kam bald zurück, und der wahrscheinlich sehr hungrige schwarze Jack machte sich über das Essen her und ließ es sich gut schmecken. Er war noch damit beschäftigt, als das Knirschen von Rädern im Kies hörbar wurde und Mr. Wigram vorfuhr.

»Ich glaube, ich will lieber gehen,« sagte der schwarze Jack, als er das Geräusch hörte.

»Nein,« entgegnete Lavinia, »wenn Sie sich von der Stelle rühren, schieße ich.«

Nun kam Mr. Wigram herein und war sehr überrascht, seine Frau im Dunkeln zu finden, während ein Fremder im Lehnstuhle saß und mit der Vertilgung von kaltem Braten und Gurken beschäftigt war.

»Der schwarze Jack ist so freundlich gewesen, mir einen Besuch zu machen, lieber Mann,« sprach Lavinia, »und ich habe ihn gebeten, doch so lange zu bleiben, bis du kämest; sei doch so gut und mache Licht.«

Mr. Wigram zündete sehr erstaunt das Gas an, und Lavinia steckte die Pistole in die Tasche, hielt sie aber in einer Weise, daß der schwarze Jack sehen konnte, sie sei jeden Augenblick zum Gebrauche bereit. Mr. Wigram ging auf die Sache ein, gab Jack eine Cigarre und begann, als diese brannte, sich mit ihm zu unterhalten. Er sagte ihm, was für ein Thor er sei, und das Ende war, daß Jack sein Bedauern aussprach und versicherte, Mr. Wigram sei ein famoser Kerl und seine Madame lasse sich auch nicht ins Bockshorn jagen. Mr. Wigram versprach ihm, daß, wenn er – Jack – versuchen wolle, sich zu bessern, er – Mr. Wigram – nicht nur über diesen nächtlichen Besuch Schweigen beobachten, sondern sich auch nach Arbeit für ihn umsehen werde. Der schwarze Jack verließ das Haus mit Segenswünschen für den Mann, den zu schädigen, wenn nicht ihm Schlimmeres anzuthun, er gekommen war, und als er sich entfernt hatte, sprach Lavinia: »Charley, was meinst du wohl, womit ich den schwarzen Jack im Schach gehalten habe? Hiermit!« Und sie zog eine kleine Kinderpistole ihres ältesten Sohnes aus der Tasche.

Ihr Mann brach in Lachen aus und sagte, sie sei ein kleiner Schlaukopf. Aber als ich die Geschichte hörte, konnte ich doch die Bemerkung nicht unterdrücken: »Nun, Lavinia, du bist wirklich das ruhigste und gelassenste Frauenzimmer, das mir je vorgekommen ist. Wo du nur deine Nerven her haben magst?«

Sie sah mich an und lachte.

»Nicht von deiner Seite der Familie, Mama,« antwortete sie, und ich widersprach ihr nicht.

Vierzehnte Erinnerung.

Frank Tressider.

Mit Johns Frau bin ich stets gut ausgekommen, und abgesehen von dem kleinen Mißverständnis wegen des Preises des Hammelfleisches bei dem Essen, wovon ich euch erzählt habe, auch mit Williams Frau. Marion verstand mich später besser, aber ich nahm mich auch in acht, nichts zu sagen, was ihre Gefühle verletzen könnte, nachdem ich gemerkt hatte, wie empfindlich sie war. Ich weiß, viele junge Frauen haben die thörichte Meinung, die Mütter ihrer Männer seien schreckliche Personen, die sie als Eindringlinge betrachten. Ich entsinne mich, daß mir Marion gestand, nachdem wir besser miteinander bekannt geworden waren, sie habe im Anfang geradezu Todesangst vor mir gehabt, denn William sei voll Bewunderung über meine Haushaltsführung gewesen, und sie habe gewußt, daß ich in häuslichen Angelegenheiten ein sehr scharfes Auge hätte. Bei der erwähnten Tischgesellschaft hätte sie die ganze Zeit gezittert, erzählte sie mir, weil sie gewußt habe, daß ich ihr die Schuld geben würde, wenn etwas nicht klappte, und ich würde denken, William habe einen Mißgriff gemacht, als er ein Mädchen heiratete, das so wenig vom Haushalt verstehe. Aber diese Angst vor mir legte sich bald. Wir wurden sehr gute Freundinnen, und sie holte sich stets bei mir Rat, wenn sie irgend welche Unannehmlichkeiten mit den Dienstboten oder Geschäftsleuten hatte. Eine Frau, die eine große Familie aufgezogen hat, weiß natürlich mehr von der Welt, als ein junges, eben verheiratetes Ding, und ich bin der Ansicht, daß junge Frauen häufig sehr thöricht sind, wenn sie ihre Schwiegermutter nicht öfter zu Rate ziehen.

In reichen Familien und den sogenannten höheren Ständen, wo die Frau nichts zu thun hat, als hübsch auszusehen, ihren Mann anzulächeln und ihre Gäste zu unterhalten, ist das alles recht schön, aber im Mittelstand, wo es häufig vorkommt, daß die jungen Leute im Anfang ihres Ehestandes nicht allzu reichliche Mittel haben, ist die Verantwortung der Frau groß. Eine tüchtige, verständige, sparsame Frau kann sehr viel zum Gedeihen des Hauses beitragen, während eine Frau, die nicht zu wirtschaften versteht, ihren Mann zu Grunde richten kann.

Mütter, die ihre Töchter ohne Kenntnis der Haushaltsführung aufwachsen lassen, laden eine große Verantwortung auf sich. Ich habe 'mal von einer jung verheirateten Frau gehört, die, als sie ihre Bekannten von einem Puddingrezept sprechen hörte, worin das Wort Nierenfett vorkam, fragte:»Was ist denn Nierenfett?«

Stellt euch nur 'mal das Schicksal eines Mannes vor, der mit beschränkten Mitteln fürs Leben an eine Frau gefesselt ist, die nicht weiß, was Nierenfett ist. Dem Mädchen mache ich keinen Vorwurf, vielmehr tadelte ich, als mir die Geschichte erzählt wurde, die Mutter. Wäre ich der Gatte dieser jungen Frau gewesen, dann wäre ich zur Mutter gegangen und hätte ihr unverhohlen meine Meinung gesagt.

»Madame,« würde ich gesprochen haben, »Sie haben sich einer schmählichen Pflichtversäumnis schuldig gemacht. Sie haben Ihrer Tochter gestattet, zum Weibe heranzuwachsen und einen ehrlichen Mann zu heiraten, und Sie haben sie in vollständiger Unwissenheit gelassen. Sie weiß noch nicht einmal, was Nierenfett ist.«

Die Unwissenheit vieler junger Frauen, wenn sie das Haus ihrer Mutter verlassen und an die Spitze desjenigen ihres Mannes treten, ist wirklich erstaunlich. Kennte ich nicht eine Menge Geschichtchen aus eigener Erfahrung, ich würde Anstand nehmen, vieles, was ich gehört habe, zu glauben.

Einmal vor vielen Jahren, als ich mit meinen Kindern in Eastbourne war, machten wir die Bekanntschaft eines jungen Ehepaares, das sich auf der Hochzeitsreise befand, und wir wurden sehr gute Freunde. Eines Tages gingen wir in den Feldern spazieren.

»Wie prächtig der Weizen steht,« sagte ich.

»Weizen? Ja, was ist denn das?« entgegnete die junge Frau. »Die Pferde fressen Hafer, und Gerste wird zu Gerstenzucker gebraucht, aber was wird denn aus Weizen gemacht?«

Ich sah sie eine Minute sprachlos an.

»Ja, aber das Brot wird doch aus Weizen gemacht,« antwortete ich endlich.

»Brot?« fragte sie. »Ich habe immer geglaubt, Brot würde aus Mehl gebacken.«

Ich habe mich eingehender mit diesen Eigentümlichkeiten einer jungen Frau beschäftigt, die nichts von dem weiß, was sie von Rechts wegen wissen müßte, und die keine Vorstellung von ihrer Verantwortung als Hausfrau hat, weil mein dritter Sohn Frank – er war ein frischer, munterer Junge – ein solches Mädchen heiratete. »Eine hübsche Puppe« nannte ich sie, aber er war rein weg und hielt sie für einen Engel auf Erden. Ich will kein Wort gegen Laura im allgemeinen sagen. Sie und Frank büßen ihre Thorheit jetzt in Australien, aber ich muß die Wahrheit über sie erzählen, denn sie kann andern jungen Männern zur Warnung dienen, die sich in ein hübsches Gesicht vergaffen und sich nicht darum kümmern, was dahinter steckt.

Frank hatte nie Lust, in seines Vaters Geschäft einzutreten – ich weiß nicht, wie es kommt, daß so viele junge Männer etwas gegen das väterliche Geschäft haben, aber es ist so – und als er die Schule verließ, wurde er auf eine deutsche Universität geschickt, um dort seine Ausbildung zu vollenden. Seinen Beruf sollte er erst später wählen. Ich hätte ihn am liebsten Geistlicher werden sehen, denn ein Geistlicher in der Familie ist meiner Ansicht nach von großem Vorteil. Es liegt so etwas durch und durch Achtbares darin, und jede Mutter kann stolz sein, die das Recht hat, zu sprechen: »Mein Sohn, der hochwürdige Pfarrer so und so.« Ich möchte lieber, daß einer meiner Söhne Geistlicher würde, als daß eine meiner Töchter einen heiratete. Die Töchter von Geistlichen verlieben sich in der Regel in arme Kandidaten, und ich habe immer gesagt, daß ich einen Kandidaten als Liebhaber meiner Töchter nicht im Hause dulden würde.

Aber ein Pfarrer als Sohn ist ganz etwas andres, und deshalb hätte ich es gern gesehen, wenn Frank Tressider der hochwürdige Frank Tressider geworden wäre.

Allein in Franks Charakter waren nie Anzeichen wahrzunehmen, daß er der Kirche zuneige. Er hatte sich zum Rechtsstudium entschlossen, und zwar dachte er mit Vorliebe an den Anwaltsstand. Als er nach Bonn ging, die deutsche Universität, die sein Vater für ihn gewählt hatte, war noch ganz unentschieden, was er werden sollte, allein was dort vorfiel, machte allen unsern Träumen, daß er jemals eine Zierde der Kanzel oder ein strahlendes Kirchenlicht werden würde, ein jähes Ende, Frank war stets ein lockerer Zeisig und ließ sich, wie ich leider zugeben muß, leicht verführen. Er ging mit dem festen Entschluß nach Deutschland, angestrengt zu arbeiten, allein unglücklicherweise war eine Menge junger Engländer und Amerikaner in Bonn. Diesen schloß er sich an, und sie brachten ihn mehr als einmal schön in die Patsche. Natürlich ließen wir, sein Vater und ich, uns damals nicht träumen, daß er, während wir ihn fleißig bei der Arbeit glaubten, mit diesen jungen Menschen auf den benachbarten Dörfern umherziehe, Bauernfeste mitmache, tanze, bis spät in die Nacht ausbleibe und rauchen, Bier trinken und Karten spielen lerne.

Besonders hatte er ein Spiel gelernt, das Skat genannt wurde, und wofür er förmlich schwärmte. Er lehrte es nach seiner Rückkehr seine Brüder und einige Freunde, und sie spielten es oft in unsrem Hause. Dabei sprachen sie immer vom ältesten Jungen, und dann dachte ich an meinen Sohn John, während sie den Treffbuben meinten, oder wie er im Skatspiel heißt, den Eichel-Wenzel. Es war überhaupt ein ganz komisches Spiel. Sie reizten sich immer und wurden doch nicht wütend, außer wenn einer mauerte, wie sie es nannten, doch was sie damit meinten, weiß ich nicht. Ich wäre bei diesem ewigen Gereize sofort ärgerlich geworden.

Wir erfuhren erst, daß etwas nicht in Ordnung war, als er um Geld nach Hause schreiben mußte. Es war eine ziemlich bedeutende Summe, die er verlangte, und er gestand, daß er Schulden in der Stadt gemacht und Geld im Spiel verloren habe.

Natürlich waren wir sehr bekümmert, und ich sagte zu meinem Manne, es sei seine Pflicht, nach Bonn zu reisen und selbst 'mal zu sehen, wie es dort eigentlich hergehe. Das that er auch, und die Folge war etwas sehr Verständiges. Er bezahlte Franks Schulden, sagte ihm aber gleichzeitig, er sei offenbar noch nicht Mann genug, selbständig in der Fremde gelassen zu werden, und er gab ihn einem Lehrer ins Haus, der junge Engländer zähmte und dem er unbeschränkte Gewalt über Frank einräumte. Er meinte, das werde wenigstens den nächtlichen Trink- und Spielgelagen ein Ende machen.

Frank war noch nicht lange dort, als er in eine Sache verwickelt wurde, die dazu führte, daß er Bonn Lebewohl sagen mußte. Die jungen Leute bei Doktor Blumberg, das war der Name des Lehrers, hatten viel Freiheit, aber sie mußten unabänderlich um zehn Uhr abends zu Hause sein, wenn sie nicht besondere Erlaubnis zu längerem Ausbleiben hatten, die nur bei Einladungen zu befreundeten Familien gegeben wurde.

Eines Tages fand in Poppelsdorf, einem nicht weit von Bonn gelegenen Dorfe, die sogenannte Kirmeß statt, und Blumbergs junge Leute beschlossen, alle hinzugehen. Sie baten um die Erlaubnis, die jedoch verweigert wurde, doch als sie abends ausgingen, kehrten sie nicht um zehn nach Hause zurück, sondern machten die Kirmeß mit und kamen ganz unverfroren erst um zwölf wieder.

Doktor Blumberg war wütend und that in seiner Wut etwas sehr Unkluges. Er behauptete, Frank sei der Rädelsführer gewesen, und als dieser am nächsten Abend nach seinem Zimmer ging, um sich zum Ausgehen anzukleiden, folgte ihm Blumberg, schloß die Thür von außen und sagte: »So, mein Söhnchen, da können Sie wegen Ihrer Unverschämtheit von gestern abend einstweilen 'mal bleiben.«

Frank lachte anfänglich, trat ans Fenster, das sich im dritten Stock befand, öffnete es und wartete, bis die andern aus dem Hause kamen. Dann rief er ihnen zu, was vorgefallen war. Diese trafen ihre andern Freunde und erzählten ihnen, der alte Blumberg habe Frank in seine Stube eingesperrt. Als es dämmrig war, blickte Frank, der bis dahin geraucht und überlegt hatte, was er thun solle, zum Fenster hinaus und sah zufällig einen seiner Freunde, einen jungen Amerikaner Namens Lathrop, vorübergehen. Er winkte ihm zu, stehen zu bleiben, und schrieb auf einen Zettel: »Kann ich bei dir übernachten, wenn es mir gelingt, herauszukommen?« Als Lathrop nickte, schrieb Frank auf einen zweiten Zettel: »Komm um Mitternacht wieder hierher.« Er bediente sich des schriftlichen Weges, weil er fürchtete, Blumberg könne im Zimmer darunter sein und hören, wenn er Lathrop etwas zuriefe.

Um Mitternacht ist es in Bonn sehr still und nicht eine Menschenseele auf den Straßen.

Lathrop kam um zwölf wieder und mit ihm eine Menge andrer junger Engländer, die neugierig waren, zu sehen, was Frank anfangen werde. Dieser war bereit. Er hatte seine Betttücher zusammengebunden, das Bett dicht ans Fenster geschoben und ein Ende der

Leintücher an einem Beine der Bettstelle befestigt. Nun ließ er das andre Ende zum Fenster hinaus, um zu sehen, wie weit sie reichten, und als sich herausstellte, daß sie noch lange nicht die Erde berührten, zog er sie wieder in die Höhe, riß sie der Länge nach durch und knüpfte die so gewonnenen vier Stücke aneinander. Jetzt reichten sie bis etwa vier Fuß vom Boden. Er warf nun seinen Hut, Ueberrock und ein kleines Handköfferchen, das etwas Wäsche enthielt, zum Fenster hinaus und ließ sich sodann unter dem lauten Beifall seiner Zuschauer an den Tüchern hinunter. Aber dieser Beifall wurde ihm verhängnisvoll, denn kaum war er unten angelangt, als Doktor Blumberg aus der Hausthür herausgestürzt kam. Frank sprang zu Boden und, ich bedaure, es sagen zu müssen, versetzte Blumberg einen Faustschlag auf die Nase, so daß dieser zurücktaumelte und ihn nicht festhalten konnte. Aber der Lärm hatte die Aufmerksamkeit eines Gendarmen erregt, der am Ende der Straße vorbeiging und nun herbeieilte. Blumberg rief ihm zu, Frank zu verhaften, und der Gendarm versuchte das auch, allein Frank, ein starker junger Mensch, schlug wild um sich und entfloh. Die andern verhinderten Blumberg und den Gendarmen an der Verfolgung, und Frank rannte mit seinem Freund Lathrop, so rasch sie ihre Füße tragen wollten, davon.

Allein sie saßen in einer bösen Patsche, In der Stadt konnten sie nicht bleiben, denn Frank wurde sicher verfolgt und überall gesucht. Sie liefen also zur Stadt hinaus und eilten auf der Koblenzer Straße nach dem nächsten Dorfe. Hier klopften sie an eine Thür, bis ein nur mit Unterrock und Halstuch bekleidetes Mädchen öffnete und sie nach ihrem Begehr fragte. Sie sagten, sie seien Engländer, die, auf einer Fußreise begriffen, den Weg verloren hätten, und baten um Unterkunft für die Nacht. Nach einigen Verhandlungen rief das Mädchen seinen Vater, einen Arbeiter. Er ließ die jungen Leute eintreten und gestattete ihnen, in einem leeren Zimmer zu bleiben, und da schliefen sie die Nacht auf etwas Stroh. Am andern Morgen mußten sie sich, wie mir Frank später erzählte, in einem Eimer waschen, was zwar sehr romantisch, aber keinesfalls sehr bequem war. Dann bezahlten sie sehr freigebig für ihr Nachtlager und machten sich wieder auf den Weg.

Sie schwankten lange, wohin sie sich wenden sollten, schlugen aber schließlich die Richtung nach dem Rheine ein, fuhren in einem kleinen Boote nach Königswinter hinüber und gingen von da nach der Spitze des hinter dem Drachenfels gelegenen Petersberges. Dort befindet sich ein kleines Wirtshaus, wo sie vorläufig zu bleiben beschlossen.

Da die Reisezeit vorüber war, so war außer ihnen kaum jemand da. Einige Tage verhielten sie sich ruhig, dann ging Lathrop nach der Stadt, um zu hören, wie die Sachen standen. Blumberg schien der Angelegenheit keine weiteren Folgen geben zu wollen, aber unter den jungen Engländern wurde von nichts andrem gesprochen, und sowie sie erfuhren, wo sich Frank aufhielt, kamen einige von ihnen herauf, um ihn zu besuchen, und ihm die Zeit mit Kartenspielen totschlagen zu helfen.

Allein auf der Spitze dieses einsamen Berges wurde es bald langweilig. Eines Tages meinte Frank, er könne sich hinunter wagen, und begab sich nach der Stadt, um mit seinen Freunden im Englischen Hofe zu essen. Während sie ganz fröhlich beim Mahle saßen, trat aber plötzlich Blumberg in Begleitung eines Gendarmen ein, und dieser sagte Frank, er habe sich wegen Widerstands gegen die Staatsgewalt als verhaftet anzusehen. Er wurde auf die Polizei geführt und zu fünfzig Thaler Strafe verurteilt. Das ist etwa sieben Pfund zehn, und da Frank »ratzenkahl« war, wie er sich fein ausdrückte, mußte er das Geld von einem Freunde borgen und nach Hause um Hilfe telegraphieren. Blumberg hatte schon an Mr. Tressider geschrieben und ihm mitgeteilt, Frank sei durchgegangen, und als nun Franks Telegramm kam, sprach ich zu meinem Manne: »Der Junge muß nach Hause.« Er schickte ihm also genügende Geldmittel, um alles zu berichtigen, und befahl ihm, sofort nach Hause zu kommen, was er auch that.

Ich würde diese Jugendstreiche Franks nicht so ausführlich erwähnt haben, wenn sie nicht einen großen Einfluß auf sein späteres Leben gehabt hätten, denn während seines Aufenthaltes in Bonn hatte er die junge Dame kennen gelernt, die er nachher heiratete. In Bonn wohnten in jener Zeit sehr viele englische Familien, denn das Leben war dort damals billig. Diese pflegten kleine Tanzgesellschaften zu geben, wozu namentlich auch die in Bonn studierenden Engländer eingeladen wurden. Bei Gelegenheit einer solchen Tanzgesellschaft im Hause eines Oberst Willings, eines Herrn mit elf Töchtern, der in Bonn sparen wollte, machte Frank die Bekanntschaft einer Mrs. Helston und ihrer Tochter. Laura Helston war ein sehr schönes Mädchen, aber ihre Mutter war eine der modernen Kranken, eine der Damen mit unbeschränkten Ansprüchen, aber sehr beschränktem Einkommen, die es ihrer Gesundheit wegen notwendig finden, auf dem Festlande zu leben. Witwe geworden, als ihre Tochter zwölf Jahre alt war, hatte sie nach ihres Mannes Tode alles verkauft, und da sie fand, daß er sehr wenig hinterlassen hatte, weil ihre Verschwendungssucht ihn gezwungen hatte, über seine Mittel hinaus zu leben, reiste sie von Pension zu Pension, gewann sich durch ihr bestechendes Wesen viele Freunde und Bekannte, dachte aber im übrigen mehr an ihr eigenes Behagen, als an ihrer Tochter Zukunft.

Einem jungen Mädchen, das sein Leben vom zwölften bis zum zwanzigsten Jahre in Pensionen und Gasthöfen zubringt, kann man vielleicht keinen großen Vorwurf machen, wenn ihm der Sinn für Häuslichkeit verloren geht, und das habe ich immer bedacht, wenn mich Laura Helston, später Laura Tressider ärgerte.

Frank lernte, wie schon erwähnt, die Helstons in einer Tanzgesellschaft bei Oberst Willings kennen, verliebte sich in Laura und wußte es so einzurichten, daß er häufig mit ihr zusammen kam. Als er Bonn verlassen mußte, war es hauptsächlich der Gedanke, daß er sie nicht mehr sehen sollte, der ihm Kummer machte, und wie es scheint, gingen die beiden thörichten jungen Leute am Abend vor seiner Abreise am Rhein spazieren und verlobten sich heimlich. Miß Helston versprach Frank, ihm zu schreiben und ihm mitzuteilen, wenn sie ihren Aufenthaltsort wechselten, und Frank schwur, daß sein Herz niemals eines andern Mädchens Bild beherbergen und daß er kommen und sie als sein Weib heimführen werde, sobald er mündig sei.

Nachdem Frank nach Hause zurückgekehrt war, wunderte ich mich immer über die große Zahl ausländischer Briefe in offenbar weiblicher Handschrift, die er erhielt, allein ich bin in Hinsicht auf meiner Söhne Briefwechsel nie ungebührlich neugierig gewesen und legte der Sache keine Wichtigkeit bei.

Mr. Tressider las Frank ordentlich den Text und machte ihm ernste Vorwürfe über seinen Leichtsinn. Er müsse sich von Grund aus ändern, sagte er ihm, wenn er sich eine geachtete Stellung im Leben schaffen wolle, Frank schien seine Thorheit aufrichtig zu bereuen und sich ihrer zu schämen. Er sprach den Vorsatz aus, ein andres Leben anfangen zu wollen und sich mit allem Eifer auf den erwählten Beruf vorzubereiten.

Wir hatten nichts gegen seinen Wunsch, Rechtsanwalt zu werden, und nachdem er ein Jahr in London studiert hatte, währenddessen er wirklich sehr gesetzt und fleißig war, trat er bei unsrem Familiensachwalter, Mr. Benjamin Jones, in Lincolns Inn Fields als Hilfsarbeiter ein.

Allein sehr bald schien ihm die Rechtswissenschaft nicht mehr zu gefallen. Eine Zeitlang arbeitete er sehr fleißig, aber ich sah, daß er nicht glücklich war. Eines Abends, als wir allein waren, fragte ich ihn, was ihm fehle. Nun gestand er mir, er fürchte, er habe sich geirrt und werde der Juristerei nie Geschmack abgewinnen können, und es sei die reine Zeitverschwendung, daß er zu Mr. Jones gehe. Lincolns Inn Fields allein könne einen schon verrückt machen, und die Schreibstube eines Rechtsanwalts sei für einen Menschen mit einem etwas poetischen Gemüt ein trostloser Aufenthalt.

Natürlich bekümmerte mich das tief, denn ich sah, daß Frank ein rollender Stein war, der kein Moos ansetzt, aber ich besprach die Sache mit seinem Vater. Dieser ging am nächsten Tage zu Mr. Jones, und das Ergebnis ihrer Unterredung war, daß Mr. Tressider sich überzeugte, Frank werde es als Rechtsanwalt nie zu etwas Ordentlichem bringen, und Mr. Jones sich bereit erklärte, Frank von seinen eingegangenen Verpflichtungen zu entbinden.

Allein ehe die Sache geordnet war, fragten wir Frank, was für Pläne er für seine Zukunft habe, da wir nicht die Absicht hätten, ihn müßig im Hause leben zu lassen; eine Beschäftigung müsse er haben.

Zu unsrer Ueberraschung war sein Plan fix und fertig. Er hatte in Bonn einen jungen Franzosen kennen gelernt, dessen Vater ein Geschäft in Paris hatte. Dieser suchte einen jungen, der deutschen und französischen Sprache mächtigen Engländer als eine Art Privatsekretär, und Franks Freund hatte sich an diesen gewandt und ihn gefragt, ob er ihm jemand empfehlen könne.

Frank schien der Ansicht zu sein, daß die Stelle sich für ihn selbst sehr eigne, und sagte seinem Vater, sie wäre wie gemacht für ihn, da sie ihm Gelegenheit biete, mancherlei geschäftliche Erfahrung zu sammeln, die ihm später von großem Nutzen sein würde; jedenfalls könne es nichts schaden, wenn er es 'mal ein Jahr lang versuche, da das mit der Stelle verbundene Gehalt sehr ansehnlich sei.

Mein Mann war etwas überrascht, weil Frank sich früher immer ziemlich wegwerfend über das kaufmännische Leben ausgesprochen hatte, aber nachdem er sich in der City nach dem in Rede stehenden Pariser Geschäft erkundigt und gehört hatte, daß es in hohem Ansehen stehe, gab er seine Einwilligung, und er fühlte sogar eine gewisse Befriedigung, daß Frank so eifrig darauf bedacht war, sich seinen Lebensunterhalt zu verdienen.

Kaum war die Sache geordnet, da war Frank wie verwandelt, und ich habe nie eine solche Veränderung in einem jungen Manne wahrgenommen. Er jubelte förmlich und konnte die Zeit der Abreise kaum erwarten. Acht Tage, nachdem sein Vater eingewilligt hatte, schüttelte er den Staub von Lincolns Inn Fields von seinen Füßen und reiste mit wohlgefüllten Koffern nach Paris ab.

Sehr bald danach erhielten wir einen Brief von ihm, worin er uns sagte, er sei sehr glücklich und seine Stelle gefiele ihm ganz außerordentlich. Er werde vorwärts kommen und ein Geschäft kennen lernen, das ihm in Zukunft nur förderlich sein könne. Ich schüttelte den Kopf über diesen Brief, denn ich kannte meinen Frank, dem ich oft genug die Wahrheit des Sprichworts zu Gemüte geführt hatte: »Viel Rutschen macht die Hosen blöd'.«

Ich war vollkommen darauf vorbereitet, daß, wenn der Reiz des Neuen erst vorbei sein würde, Franks Klagen wieder beginnen würden, und daß seine Briefe dann weniger begeistert sein würden.

Allein ich irrte mich. Monate gingen hin, und Frank schrieb immer noch in demselben Ton, und schon fing ich an mich zu beglückwünschen, daß ich Franks Abneigung gegen die Rechtswissenschaft entdeckt hatte und so das Mittel gewesen war, ihm eine ihm zusagende Laufbahn zu eröffnen.

Arme, bethörte Mutter, die ich war! Wie wenig ahnte ich die Wahrheit! Später, als ich dahinter kam, verstand ich Musje Franks

Abneigung gegen Lincolns Inn Fields und seine Eile, nach Paris zu kommen, besser.

Das Mädchen und seine Mutter waren dort!

Nachdem Mrs. Helston ein Jahr in Deutschland umhergewandert war und Heilung für ihre eingebildeten Leiden gesucht hatte, war sie auf sechs Monate nach Paris gegangen, wovon ihre Tochter Frank in Kenntnis gesetzt hatte. Natürlich war er glücklich, und natürlich war er zufrieden – für den Augenblick. Allein es war nicht seine Stelle, worein er verliebt war, es war Laura Helston. Er war nicht nach Paris gegangen, um sein Glück zu machen, sondern um seiner Liebsten nahe zu sein, und da ich meinen Einfluß auf seinen Vater gebraucht hatte, um ihm die Erlaubnis zu verschaffen, nach Paris zu gehen, war es mein eigenes Werk, das mir die einzige Schwiegertochter gab, die mir jemals wirklichen Aerger und ernste Sorge gemacht hat.

Wenn ihr hört, wie sie mich behandelte, werdet ihr wohl schwerlich der Ansicht sein, daß ich für das, was kam, zu tadeln bin. Vielleicht ist es ganz gut, daß sich Mrs. Frank Tressider in Australien befindet, denn ich kann mich so mit größerer Freiheit über sie aussprechen, als wenn sie in der Nähe wäre.

Fünfzehnte Erinnerung.

Mrs. Franks Mutter.

Frank Tressider und seine Frau sind, wie gesagt, jetzt in Australien; das habe ich bereits erwähnt, ehe ich noch etwas andres von ihnen erzählt habe. Wären sie noch in England, dann wäre ich nicht im stande, so offen von ihnen zu sprechen, als es meine Wahrheitsliebe, die immer eine meiner hervorragendsten Charaktereigenschaften gewesen ist, verlangt.

Ich möchte nicht gern etwas Unfreundliches über meinen Sohn Frank sagen. Wie oft hat sich mein Mutterherz nach ihm gesehnt, und wie oft haben sich meine Augen mit Thränen gefüllt, wenn ich mich zur Weihnachtszeit umsah und die Lücke wahrnahm, die seine Abwesenheit in unsren kleinen, trauten Familienkreise gerissen hat. Vielleicht ist »kleiner« Familienkreis kaum die richtige Bezeichnung dafür, denn er ist jetzt, wo die Kinder groß genug sind, um mit am Tische zu essen, ein recht zahlreicher Kreis geworden, und wir haben manchmal Schwierigkeiten mit den Stühlen. Eins der Mädchen ist wahrhaftig aus dem Dienst gegangen, weil, wie es sagte, zu viel Teller auszuwaschen seien und es sich nicht in einen Gasthof, sondern in eine Privatfamilie vermietet habe.

Dienstboten sind wirklich zu unleidlich, und in manchen Familien werden sie rasch die eigentlichen Herren, zwar nicht in meiner, denn ich will lieber betteln gehen, als daß ich mir vorschreiben lasse, was ich in meinem eigenen Hause thun soll.

Die Fragen, die sich manche Mädchen herausnehmen, wenn sie sich nach einem Platz erkundigen, wären sicher kaum von der Inquisition gestellt worden. Ihr könnt euch vorstellen, wie mir zu Mute war, als mich ein junges Frauenzimmer in einem feinen Hute eines Tages fragte, ob ich viel Gesellschaft im Hause sähe.

Ich sah mir die unverschämte Person einen Augenblick an und sagte dann: »O nein, gar keine. Der Herr wichst sich die Stiefel selbst und wir haben einen Fahrstuhl zum ausschließlichen Gebrauch für das Hausmädchen. Guten Morgen.«

Das Mädchen wurde rot, erhob sich und sprach: »Mein Fahrgeld, wenn ich bitten darf.«

»Ihr was?« fragte ich.

»Mein Fahrgeld, Sie haben mir das Fahrgeld für einen Weg versprochen, wenn ich herkäme.«

»Ja, das habe ich gethan, aber ich war der Meinung, Sie wären ein Dienstmädchen, das sich nach einer Stelle umsähe. Sie sind aber augenscheinlich eine junge Dame und nur irrtümlicherweise hierher gekommen.«

»Sie müssen mir mein Fahrgeld geben, Madame. Ich wohne in Islington, und Sie können mir nicht zumuten, daß ich es aus meiner eigenen Tasche bezahle.«

»O, gewiß nicht,« entgegnete ich, »Wenn Sie die Güte haben wollen, sich hinunter zu bemühen und einstweilen im Salon Platz zu nehmen, werden Sie ein Photographiealbum mit den Bildern der ganzen Familie finden; damit können Sie sich die Zeit vertreiben, während ich den Wagen für Sie anspannen lasse.«

»Ihren Wagen will ich nicht, ich verlange mein Fahrgeld,« antwortete das Mädchen.

»Den Wagen oder nichts; Geld bekommen Sie nicht von mir,« erwiderte ich.

»Dann werde ich Sie verklagen; passen Sie nur auf, ob ich's nicht thue.«

»Sie werden verlieren. Ich bin vollkommen bereit, Sie im Wagen nach Hause zu schicken, weiter aber können Sie nichts verlangen. Das Geld, das ich Ihnen versprochen habe, war für den Omnibus, und wenn ich Ihnen meinen Wagen anbiete, dann brauche ich Ihnen doch den Omnibus nicht zu bezahlen. Thun Sie übrigens, was Ihnen beliebt.«

Das Mädchen sah, daß es seinen Meister gefunden hatte. Mit einem wütenden Blick und den Worten, ich sei keine anständige Dame, segelte es aus dem Zimmer und die Treppe hinab und schmetterte die Hausthür hinter sich ins Schloß, daß es dröhnte.

Aber wenn ich anfangen wollte, meine Erfahrungen mit Dienstboten zu schildern, so würde ich so leicht kein Ende finden. Nicht als Mutter und Hausfrau, sondern als Schwiegermutter versuche ich, auf diesen Blättern meine Pflicht gegen die Gesellschaft zu erfüllen.

Da ich aber einmal von Dienstboten spreche, will ich doch noch eine Erfahrung mitteilen. Wir hatten einmal einen Burschen – aber nur einmal. Es war Mr. Tressiders Idee; er meinte, es mache sich besser, wenn wir einen Burschen hätten, der die Hausthür öffnete, und der Junge könne außerdem die Stiefel und Messer putzen, anstatt des Kutschers, der immer darüber brummte, wobei sich Mr. Tressider natürlich so recht nach Männerart auf die Seite des Kutschers stellte.

Eines Umstandes wegen war mir die Sache ganz recht, und zwar darum, weil der Kutscher dann nicht so oft ins Haus kam. Kutscher und Stallknechte habe ich nicht gern im Hause; sie schwatzen mit den weiblichen Dienstboten, und dadurch entsteht der halbe Klatsch in der Nachbarschaft.

Wenn ich Zeit finde, werde ich 'mal die Geschichte einer Nachbarschaft schreiben, wie sie die Dienstboten erzählen. Ich glaube, die Nachbarschaft würde die Augen schön aufreißen. Ich weiß, was geschwatzt wird, und kenne die unglaublichen Geschichten, die umlaufen, durch mein Mädchen, das schon viele Jahre bei mir ist und mich manchmal mit dem unterhält, was es in der Küche und der Gesindestube des Gasthauses auf dem Lande hört, wo ich mich meiner Gesundheit wegen häufig aufhalte, denn unglücklicherweise macht diese öftere Abwesenheiten von Hause notwendig, besonders im Winter, der mit zunehmenden Jahren immer unerträglicher in London wird. Es ist heutigestags wirklich schwierig, zu sagen, welche Jahreszeit in London erträglich ist, denn sie sind sich alle gleich schlimm.

Wir versuchten es also mit einem Burschen. Er war ein ganz angenehm aussehender Junge, aber du meine Güte! Nie hat sich das Sprichwort: »Der Schein trügt!« mehr bewahrheitet.

Obgleich nur siebzehn Jahre alt, ergriff ihn eine rasende Leidenschaft für die Köchin, die zum mindesten sechsunddreißig alt war, wenn sie auch nur achtundzwanzig zugab. Sie hatte außerdem einen Schatz, einen Gardisten, der sie heiraten wollte, sobald sie Geld genug zur Einrichtung eines Häuschens erspart hätte. Infolgedessen war sie natürlich sehr kalt gegen den Burschen und ging auch nicht gern mit ihm, weil sie sich mit so einem Knirps nicht lächerlich machen wollte.

Es dauerte einige Zeit, bis ich dahinter kam, weil mein dummes Hausmädchen, das etwas überspannt war und viel Hintertreppenromane las, mit dem albernen Jungen Mitleid hatte, ebenso wie die Kammerjungfer, die die Köchin infolge einer kleinen Mißhelligkeit über ihren Regenschirm nicht leiden konnte. Die Köchin hatte nämlich eines Sonntags den Regenschirm der Kammerjungfer ohne deren Wissen geborgt und in einem Omnibus stehen lassen. Die arme Jungfer war am nächsten Sonntag in einem neuen Hute mit Straußenfedern, aber ohne Regenschirm ausgegangen, um mit ihrem Schatz zusammenzutreffen, und da es heftig geregnet hatte, waren die Federn arg mitgenommen worden, und die hellblaue Farbe, womit sie gefärbt waren, hatte sich über ihr Gesicht ergossen. Sie hatte so scheußlich ausgesehen, daß ihr Schatz bei ihrem Anblick laut gelacht hatte und das Verhältnis infolgedessen abgebrochen worden war. Die Kammerjungfer war lange Zeit untröstlich und machte der Köchin den Vorwurf, sie habe ihren Schirm genommen und ihr Herz gebrochen.

So standen die Sachen, als James (sein eigentlicher Name war Alfonso, aber so konnten wir ihn doch unmöglich nennen) sich in der ungewöhnlichsten Weise zu benehmen begann, weil die Köchin seine Aufmerksamkeiten zurückwies.

Etwa sechs Wochen, nachdem er seine Stelle bei uns angetreten hatte, bemerkte ich, daß James immer in Gedanken und sonderbar in seinem Benehmen allein ich ahnte die Wahrheit nicht. Wenn er bei Tische aufwartete und einem die Kartoffeln reichte, dann blieb er auch, nachdem man sich genommen hatte, neben einem stehen und starrte ins Leere, hielt einem aber immer die Kartoffelschüssel hin. Und wenn er nichts herumreichte, dann stand er hinter meinem Stuhl und seufzte in so unirdischer Weise, daß ich mich einige Male ganz erschreckt umwandte, in der Erwartung, einen Geist zu sehen.

Eines Tages aber wurde ich ernstlich beunruhigt, als das Hausmädchen heraufgestürzt kam.

»O, Madame, bitte, kommen Sie doch herunter. James wälzt sich in den gräßlichsten Schmerzen auf dem Boden, und ich glaube, er stirbt.«

Ich ging natürlich sofort hinunter in der Meinung, James sei krank, und fand ihn auch, wie er vor dem Herd lag, stöhnte und die Hände auf den Magen preßte.

»Was gibt's denn? Was ist denn los?« rief ich in dem Glauben, er habe vielleicht etwas gegessen, was ihm schlecht bekommen sei.

Allein er antwortete nicht, und das Hausmädchen fing an zu weinen und sagte: »Ach, Madame, fragen Sie nur die Köchin.«

Ich sah mich um, aber die Köchin war nicht da.

»Wo ist sie denn?« fragte ich deshalb. »Was weiß die denn davon?«

»Sie hat sich in der Speisekammer eingeschlossen,« antwortete das Hausmädchen.

Ich fing an zu glauben, die ganze Gesellschaft sei verrückt geworden. Als ich an die Speisekammer kam, fand ich sie verschlossen, und rappelte an der Thürklinke.

»Sind Sie drin, Maud? Was soll denn das vorstellen?«

»O, Madame,« antwortete die Köchin stöhnend, »sagen Sie nur nicht, daß er tot ist, nur nicht tot.«

»Tot? Papperlapapp! Ich weiß nicht, was mit euch allen los ist; kommen Sie sofort heraus.«

Zitternd und sich die Augen mit der Schürze wischend, kam sie zum Vorschein.

»Nun sagen Sie mir 'mal, was das alles heißen soll?« fragte ich, aber ehe sie antworten konnte, hatte sich James erhoben und trat zu mir.

»Ich glaube, ich habe mir den Magen mit Büchsenhummer verdorben, den ich zum Frühstück gegessen habe; ich habe ihn mir für mein eigenes Geld gekauft.«

»Ja, Madame, das wird's wohl sein,« setzte die Köchin hinzu, »aber, lieber Gott, er sah so furchtbar aus, daß ich glaubte, er wolle sterben, und ich habe nie jemand sterben sehen können, noch nicht einmal eine junge Katze, geschweige denn einen Menschen.«

Die Erklärung stellte mich zwar nicht ganz zufrieden, aber ich wußte, daß billiger Büchsenhummer manchmal sehr bösartige Wirkungen hat. Er solle in eine Apotheke gehen und sich etwas geben lassen, sagte ich demnach, und wenn er sich danach nicht wohler fühle, könne er sich zu Bett legen.

Danach hörte ich lange Zeit nichts mehr, und ich hatte die Geschichte fast vergessen, als die Köchin eines Tages selbst ins Zimmer gestürzt kam.

»O, Madame,« rief sie, »James hat sich mit einem Strick in die Stiefelkammer eingeschlossen, und auf dem Küchentische hat er einen Zettel liegen lassen, auf dem steht, er wolle sich aufhängen, und wir sollten ihn nicht eher abschneiden, als bis er ganz tot sei.«

»Allmächtiger Himmel!« rief ich aus. »Was soll denn das nun wieder heißen? Ich muß der Geschichte auf den Grund kommen.«

So schnell ich konnte, rannte ich die Treppe hinab und fand das Hausmädchen und die Kammerjungfer vor der Stiefelkammer knieend, die von innen verschlossen war. Sie weinten, schluchzten und flehten James durchs Schlüsselloch an, sich doch nicht aufzuhängen, sondern an seine Mutter zu denken.

Ich schob sie zur Seite und donnerte an die Thür.

»James, sind Sie da drin?« fragte ich.

Nur ein tiefes Stöhnen erhielt ich zur Antwort.

»Laufen Sie hin und holen Sie rasch einen Schutzmann,« sagte ich zu einem der Mädchen.

Das mochte den jungen Herrn erschreckt haben, denn er öffnete die Thür. Da stand er in der Mitte des kleinen Raumes und von einem Haken in der Decke hing ein Strick herab mit einer Schlinge am Ende, und darunter stand ein Stuhl.

Ich nahm den Nichtsnutz bei den Schultern und schüttelte ihn ordentlich.

»Na, was soll denn das heißen?« fragte ich.

Er antwortete nicht, sondern sah mich nur dumm an und räusperte sich.

»Bitte, Madame,« sprach nun die Kammerjungfer, »die Köchin ist an allem schuld; sie ist dem armen Jungen zuerst entgegengekommen und hat ihm dann das Herz gebrochen.«

»Nein, aber so was! So'n freches Frauenzimmer!« schrie die Köchin. »Wie können Sie sich unterstehen, zu sagen, ich wäre ihm entgegengekommen? Habe ich das gethan, James?«

»Nein, Maud, wenn Sie das gethan hätten, dann ständen die Sachen jetzt anders,« antwortete der Junge.

»Sie dummer Junge,« rief ich nun sehr ärgerlich. »Sie wollen doch nicht sagen, daß Sie sich Mauds wegen aufhängen wollten?«

»Ja, Madame, das war allerdings meine Absicht, aber ich bitte um Verzeihung, daß ich sie in Ihrem Hause ausführen wollte. Wenn Sie das gütigst entschuldigen, dann will ich jetzt gehen und es wo anders thun.«

Es sei nicht sehr wahrscheinlich, daß ich ihn mit der ausgesprochenen Absicht, sich das Leben zu nehmen, aus dem Hause lassen werde, entgegnete ich. Meine Pflicht sei, alsbald einen Schutzmann kommen zu lassen und ihn in dessen Obhut zu geben.

Köchin, Hausmädchen und Kammerjungfer fingen nach diesen Worten an zu schluchzen und mich zu bitten, doch sein junges Leben nicht zu Grunde zu richten, indem ich ihn verhaften ließe, was natürlich nicht im entferntesten meine Absicht war. Ich erklärte mich also bereit, vom Holen eines Schutzmanns Abstand zu nehmen, wenn er mir ein feierliches Versprechen gebe, keine albernen Dummheiten mehr zu machen; statt dessen wolle ich seine Mutter rufen lassen, die ihn mit nach Hause nehmen könne.

Nachdem er uns das verlangte Versprechen gegeben hatte, ließ ich ihn auf einen Stuhl im Hausflur niedersitzen, wo ich ihn sehen konnte, und schickte dann das Hausmädchen mit einem Briefchen an seine Mutter.

Während er dort saß, behielt ich ihn wohl im Auge, aber ich war doch froh, als seine Mutter kam, da es sehr unbequem für mich war, alle Minuten aufzustehen und ans Treppengeländer zu treten, um nachzusehen, ob James nicht wieder irgend einen Selbstmordversuch mache.

Als seine Mutter kam, ließ ich sie in mein Zimmer treten und erzählte ihr das Vorgefallene, und die arme Frau weinte und sagte, sie fürchte, Alfonso sei nicht ganz richtig im Kopfe. Sein Vater wäre auch mehrere Monate im Irrenhause gewesen, und einer von dessen Brüdern sei noch drin.

Die arme Frau that mir leid, aber ich war natürlich sehr entrüstet darüber, daß mir eine solche Familiengeschichte verschwiegen worden war, als ich den Jungen in Dienst genommen hatte, und ich konnte nicht umhin, meine Meinung darüber offen auszusprechen. Wenn sie ihrem Jungen erlaube, einen Dienst anzunehmen, sagte ich ihr, während er offenbar erbliche Anlage zum Wahnsinn habe, könne sie erleben, daß sie wegen Mordes angeklagt werde, oder wenigstens der Beihilfe dazu, oder wie es die Juristen nennen.

Sie versprach mir, sie wolle den Jungen eine Zeitlang zu Hause behalten und für ihn sorgen, worauf ich ihr den fälligen Lohn für einen Monat gab. Als sie dann die Hausthür von außen zumachten, und James, unser erster und letzter Bursche – das kann ich euch versichern – verschwunden war, fühlte ich eine große Erleichterung.

»Ich will keine männlichen Dienstboten mehr im Hause wohnen haben,« sagte ich am Abend zu John Tressider, »und wenn Spink« (das war der Kutscher) »die Stiefel nicht gern putzt, dann wollen wir sie abends, ehe wir zu Bett gehen, vor die Hausthür stellen und einen Stiefelwichser annehmen, der sie jeden Morgen putzen kann.«

Allein es kam nicht so weit, denn Spink sprach seine Bereitwilligkeit aus, sie wieder zu putzen; er wolle alles thun, »was die Herrin verlange«.

O ja, Meister Spink that alles, was die Herrin verlangte! Ich bezweifle nicht einen Augenblick, daß Mr. Tressider für das Stiefelwichsen heimlich seinen Lohn erhöht hat, nur damit ich nicht sagen könnte, er fürchte sich vor seinem eigenen Kutscher. Meine Erfahrungen mögen ungewöhnlich sein, allein ich habe gefunden, daß Männer im allgemeinen von der Behandlung der Dienstboten nichts verstehen und daß ein pfiffiger Bedienter seinen Herrn um den

Finger wickeln kann. Das Frauenzimmer, das mich um den Finger wickeln könnte, soll aber erst noch geboren werden.

Aber meine Dienstbotenerinnerungen haben mich ganz von Frank und seiner Frau abgebracht. Im letzten Kapitel habe ich erzählt, wie er die Rechtswissenschaft aufgab und als Privatsekretär zu einem angesehenen Kaufmann nach Paris ging, und wie er nach Hause schrieb, daß die Stellung ihm gefalle und daß er zufrieden sei. Laura Helston und ihre Mutter waren in Paris; das lag, wie ihr ohne Zweifel schon geahnt habt, der ganzen Geschichte zu Grunde.

Während er in Paris war, erteilte Lauras Mutter ihre Einwilligung zur Verlobung, aber uns sagte er noch nichts davon, bis er einmal auf vierzehn Tage nach Hause kam, wo er uns dann ganz unverfroren eröffnete, er sei im Begriffe, in Paris zu heiraten, und mich und seinen Vater zur Hochzeit einlud.

Natürlich erbat ich mir einige Einzelheiten, und als ich hörte, die junge Dame habe ihr Leben in Pensionen und Gasthöfen verbracht, sprach ich: »Nun, Frank, das ist meiner Ansicht nach keine sehr gute Schule für eine Frau. Was kann sie da vom Haushalt lernen?«

»O, Mutter,« entgegnete er stolz, »ich verlange von meiner Frau nicht, daß sie kochen und sticken solle; ich heirate kein Dienstmädchen, sondern eine Dame.«

Nun, er heiratete seine Dame, und wie ich erwartet hatte, wurde sie und ihre Mutter Paris sehr bald müde. Schon nach kurzer Zeit hörten wir, Frank kehre nach London zurück. Es sei ihm die Londoner Vertretung des Pariser Hauses angeboten worden. Natürlich kam Mrs. Helston mit.

Er schrieb an seinen Bruder William und bat ihn, ihm ein eingerichtetes kleines Haus zu mäßigem Preise zu mieten, und dieser fand wirklich ein sehr hübsches Häuschen in der Nähe von Westbourne Park. Ich ließ mich keine Mühe verdrießen und sah selbst nach allem, namentlich dem Tafelgeschirr und Haushaltsleinen. Auf Franks Wunsch ging ich auch nach unserm Gesindevermietungsgeschäft und besorgte eine Köchin und ein Hausmädchen, die ich, nachdem ich mich vergewissert, daß sie ausgezeichnete Zeugnisse besaßen, ins gemietete Haus schickte, damit alles in schönster Ordnung wäre, wenn Frank, seine Frau und seine Schwiegermutter ankämen.

Daß die Schwiegermutter im selben Hause mit ihnen wohnen sollte, war mir nicht ganz recht. Wenn die Mutter der Frau mit dem jungen Paare im nämlichen Hause wohnt, gibt's in der Regel Unfrieden.

Ich nahm mir indessen vor, jeden Schein von Einmischung zu vermeiden, und ging deshalb am Tage ihrer Ankunft nicht hin, sondern machte meiner neuen Schwiegertochter und ihrer Mutter erst am folgenden Tage einen Anstandsbesuch.

Mein erster Eindruck war nicht günstig, Mrs. Frank Tressider war eine sehr feine und schöne Frau, aber ihre Mutter war eine alberne und einfältige Person. Schubjacke kann ich nicht ausstehen. Das Wort mag, von einer Schwiegermutter auf die andre angewandt, etwas stark sein, aber wenn es jemals einen Schubjack gegeben hat, dann war er Mrs. Helston. Alles an dieser Frau war gekünstelt, gefälscht. Blendwerk und Schein. Ihre Ziererei und Großthuerei waren mir widerwärtig, und ich ließ sie bald merken, daß sie mir nichts vormachen könne. Wenn man einen Russen kratzt, kommt gleich der Tartar zum Vorschein. Ich bin zwar keine Russin, aber es gehört wenig Kratzen dazu, bei mir den Tartaren zum Vorschein zu bringen. Sowie Mrs. Helston ihre feine Miene aufsetzte, sich als hervorragendes Glied der feinen Gesellschaft aufspielte und anfing, an dem von William gemieteten Hause herumzunörgeln und zu sagen, sie könne englische Dienstboten nicht leiden, weil sie so gemein seien, und als sie immer französische Brocken ins Gespräch mischte, wurde ich ziemlich deutlich. Ich sagte ihr, ich spräche kein Französisch, da ich es seit meinen Schuljahren nicht geübt hätte, und mein Einkommen, Gott sei Dank, immer groß genug gewesen sei, in England leben zu können. Ich zöge es deshalb vor, englisch zu sprechen, und ich bezweifelte nicht, daß es ihr fremd vorkomme, ein ganzes Haus zur Verfügung zu haben, nachdem sie so viele Jahre auf ein kleines Schlafzimmer in einer Pension beschränkt gewesen sei. Auch daß sie sich nur schwer an unsre englischen Dienstboten gewöhnen könne, nachdem sie die Sorte Mädchen um sich gehabt habe, die man gewöhnlich in den ausländischen billigen Pensionen antreffe, fände ich begreiflich.

Ich hatte nicht die geringste Absicht, anzüglich zu sein, aber ich konnte doch meines Sohnes Schwiegermutter nicht auf mir herumtrampeln und so thun lassen, als ob sie sich einer großen Herablassung schuldig gemacht hätte, als sie ihrer Tochter gestattete, meinen Sohn zu heiraten. Wahrhaftig, wenn Miß Helston eine reiche Erbin oder die Abkömmlingin (kann man diese weibliche Form von Abkömmling bilden?) eines vornehmen Geschlechts gewesen wäre, sie hätte nicht großartiger thun können.

Etwas mehr Geduld und Nachsicht meinerseits wäre vielleicht ganz am Platze gewesen, aber da ich wußte, daß sie ihrer Tochter nicht einen roten Heller mitgegeben hatte (sie besaß ohne Zweifel nicht mehr, als was sie selbst brauchte, und auch das kaum) und daß der verstorbene Mr. Helston seine Laufbahn in London als Hausknecht begonnen und wahrscheinlich seines Großvaters Namen nicht gekannt, obgleich er später eine angesehene Stellung eingenommen hatte, war ihr Benehmen mehr, als Fleisch und Blut ertragen konnten.

Ich ging mit der Absicht hin, das kann ich ehrlich versichern, so liebenswürdig als möglich zu sein, und ich kann, wenn ich will, sehr liebenswürdig sein, und wenn vielleicht einige meiner Kinder anders denken, so gibt es doch Leute genug, die meine große Selbstbeherrschung unter den erschwerendsten Umständen oft bewundert haben. Ich war aber noch nicht fünf Minuten im Hause, als das Frauenzimmer meine Federn gegen den Strich zu bürsten anfing, und zwar wie mir schien, absichtlich. Sie merkte indes bald, daß, wenn Krieg zwischen uns herrschen sollte, sie einen ihrer Klinge würdigen Feind vor sich habe, und sie hatte wahrscheinlich ihre Gründe, daß ich vom inneren Leben in Franks Hause nicht mehr sehen sollte, als unumgänglich nötig war. Sie hatte den armen Jungen vollständig unter dem Daumen und war die eigentliche Herrin im Hause. Ohne Zweifel fürchtete sie mich, denn sie zitterte vor dem Einfluß, den ich auf meinen Sohn hatte. Ihn konnte sie hinters Licht führen und täuschen, mich nicht.

Da Franks Frau während unsrer Unterredung anwesend war, sprach ich so wenig als möglich, aber was ich sagte, traf den Nagel auf den Kopf, wenn es auch nicht mit französischen Brocken gespickt war, und ich schmeichle mir, daß die gnädige Frau mich vollständig verstanden hatte.

Ich war froh, als die Zeit kam, wo ich mich anständigerweise wieder empfehlen konnte, als ich aber auf dem Heimwege alles nochmal überdachte, da wurde ich sehr traurig, denn ich mußte mir sagen, daß meines Sohnes Glück auf Sand gebaut sei. Die junge Frau stand vollständig unter dem Einfluß ihrer Mutter. Als Frank mich besuchte, sagte ich nicht viel, denn ich wollte ihm nicht wehe thun, aber etwas mußte ich mich doch aussprechen.

»Mein lieber Junge,« sprach ich, »ich würde an deiner Stelle Mrs. Helston nicht allzuviel Macht im Hause einräumen. In der Trauungsformel heißt es: ›Das Weib soll Vater und Mutter verlassen und dem Manne anhangen,‹ davon, daß er auch ihre Mutter mitnehmen soll, steht nichts darin.«

»O, Mrs. Helston ist gar nicht so übel,« entgegnete er lachend, »sie hat in mancher Hinsicht sonderbare Ansichten, weil sie so lange im Ausland gelebt hat, aber ich kann sie doch nicht gut auf die Straße setzen. Sie ist so kränklich, weißt du.«

»Kränklich!« dachte ich bei mir. »O ja, ich könnte auch so kränklich sein, wenn ich wollte. Es ist ganz schön, sich bedienen zu lassen und in allem seinen Willen zu haben, weil man sich und andre überredet hat, daß man kränklich sei.«

Ich bin ganz sicher, es war lediglich dem Einfluß ihrer Mutter zuzuschreiben, daß Franks Frau und ich uns entzweiten; allein das soll den Gegenstand einer andern Erinnerung bilden.

Sechzehnte Erinnerung.

Frank und Laura.

Als Frau, die nicht mit geschlossenen Augen durch die Welt gegangen ist, bin ich schon lange zu der Überzeugung gelangt, daß die besten Frauen nicht immer die besten Männer kriegen und *vice versa*. Es gibt natürlich viele Familien, wo das Ideal des Ehelebens erreicht worden ist, wo Mann und Frau wirklich eins sind, und wo die Kinder ebenso in Ehrfurcht und Achtung, wie in Liebe zu ihren Eltern aufwachsen. Dort sieht man das Familienleben so, wie wir es in diesem Lande verstehen, von seiner besten Seite, und zu einem solchen Heim zu gehören, ist in der That ein Vorzug. Ein solches ideales Familienleben kommt wohl in allen Kreisen vor, aber häufiger in den sogenannten Mittelklassen, als in den höheren und unteren.

Ich bin die letzte Person in der Welt, die die Neigung hat, viel vom Unglück des Ehelebens zu reden, obgleich es natürlich thöricht wäre, wenn man in Abrede stellen wollte, daß es viel gibt, ja es kommt mir vor, als nehme es in der letzten Zeit sogar zu. Wollte man erwarten, daß alle Ehen glücklich ausfallen, so wäre das unvernünftig, namentlich jetzt, wo junge Männer und Mädchen sich in die Ehe stürzen ohne hinreichende Mittel auf der einen und Erfahrung auf der andern Seite.

In meiner Jugend dachte ein junger Mann nicht ans Heiraten, ehe er sich nicht eine gewisse Stellung begründet hatte; jetzt heiraten sie, und denken dann erst daran, sich eine zu schaffen. Mit den jungen Mädchen ist es ganz ähnlich. In der guten alten Zeit wurde ein Mädchen in der Kunst einen Haushalt zu führen sorgfältig ausgebildet und war in der Regel im stande, einen zu leiten, ehe sie selbst einen hatte; jetzt warten sie, bis sie einen haben, und fangen dann an, zu lernen.

Daß die Not die Herzen aneinander fesselt, und daß häusliche Sorgen die Familienbande stärken, sind sehr schöne Lehren, aber in Wirklichkeit treffen sie häufig nicht zu. Viele junge Paare, die sich bis ans Ende ihrer Tage geliebt haben würden, werden einander durch Not und Sorgen entfremdet, die in der ersten Zeit entstehen und ihre Ursache ganz allein darin haben, daß sie ihre Verbindung fürs Leben eingegangen sind, ehe sie die Verantwortung des ehelichen Lebens zu übernehmen reif waren. Manchmal gehe ich an einer Kirche vorbei, wo gerade eine Trauung stattfindet, und wenn ich mich auch nicht unter die grinsende Menge mische, so warte ich doch gern, bis das junge Paar herauskommt. Bei den Hochzeiten unter den ärmeren Klassen wird der Reis in der Regel geworfen, wenn das Paar aus der Kirche tritt, um in den Wagen, meist eine Droschke, zu steigen, und es macht mir Freude, das glückliche Lächeln im Gesicht des jungen Mannes und den liebevollen Blick in den Augen der jungen Frau zu sehen, wenn sie sich zum erstenmal auf den Arm ihres Gatten stützt. Der Ausdruck ihrer Gesichter ändert sich aber gewöhnlich unter dem Regen von Reis, denn Reis in die Augen geworfen zu kriegen, ist nicht gerade angenehm, und dann rennen sie meist in ziemlich lächerlicher Weise nach ihrer Droschke.

Allein ich denke nicht an den Spaß, sondern frage mich: »Haben diese beiden jungen Leute wohl eine schwache Vorstellung von dem ernsten Schritte, den sie soeben gethan haben? Ahnen sie wohl, daß das ganze Glück oder Unglück ihrer Zukunft nun in ihren eigenen Händen liegt?« Für mich ist das immer ein sehr feierlicher Gedanke, denn junge Leute können sich das Leben zum Segen oder Fluche gestalten. Sie haben eben den Fluß überschritten und die Schiffe hinter sich verbrannt. Was werden sie am andern Ufer anfangen? Wird es für sie ein Land der Seligen oder der Unseligen werden?

Mein Sohn Frank und Laura hatten ohne Zweifel die ehrliche Absicht, einander vollkommen glücklich zu machen. Als sie vor dem Altare standen, waren sie noch ebenso schwärmerisch, als an jenem Abend, wo sie am Ufer des Rheins einander Treue gelobt hatten. Beide heirateten unter, wie ich es nennen muß, falschen Voraussetzungen; Frank hatte keine feste Stellung und Laura keine häusliche Erfahrung. Sie waren wie zwei Schiffe, die ohne Vorkehrungen für stürmisches Wetter in See gehen. Schönwetter-Matrosen waren sie, die nicht wissen, was sie thun sollen, wenn sich ein Sturm erhebt. Unglücklicherweise werden gewöhnlich gerade die Schiffe, die am wenigsten geeignet sind, schwere Wetter auszuhalten, auch noch ungeschickt geführt. Unerfahrene Schwimmer sind häufig am waghalsigsten und gehen ins tiefste Wasser.

Vielleicht spreche ich zu ernst über diese Seite der großen Ehestandsfrage, aber sie ist mir auch sehr ernst zu Gemüte geführt worden. Meines Sohnes Frank ganzes Leben litt durch seine unkluge Heirat Schiffbruch, und obgleich sich seine Frau nicht viel Mühe gab, sich mir gegenüber liebenswürdig zu zeigen, muß ich doch sagen, sie hätte viel besser gethan, wenn sie einen etwas charakterfesteren Mann geheiratet hätte. Sie waren gerade die beiden Leute, die nie hätten zusammenkommen dürfen, und natürlich kamen sie gerade erst recht zusammen.

Sie heirateten auf Franks Einkommen aus seiner geschäftlichen Stellung hin, das vierhundert Pfund jährlich betrug, mieteten ein eingerichtetes Haus und brachten eine verschwenderische Frau mit, die sich sofort zur Herrin des Hauses aufwarf, und, statt zu versuchen, dessen Glück zu fördern, alles that, was sie konnte, Unheil zu säen.

Von meiner ersten Zusammenkunft mit Mrs. Helston habe ich schon berichtet, und ihr könnt euch darauf verlassen, daß ich nicht nach einer zweiten begierig war, als ich sie durchschaut hatte. Daß das Frauenzimmer den Versuch machte, mir die ungeheure Ueberlegenheit der Helstons über die Tressiders klar zu machen, ließ mich kalt, denn darüber konnte ich lachen, allein einige Anspielungen, daß Frank sie hinsichtlich seiner Verhältnisse getäuscht habe, ärgerten mich. Ich kann zwei und zwei zusammenzählen und ich merkte, daß Mrs. Helston, als sie ihre Einwilligung zur Verheiratung ihrer Tochter mit Frank gab, darauf gerechnet hatte, mein Mann würde viel mehr für das junge Paar thun, als er verständiger- und gerechterweise leisten konnte, wenn man bedenkt, was für eine zahlreiche Familie er zu versorgen hatte.

Frank waren alle Möglichkeiten geboten worden, allein er hatte sie vernachlässigt. Er hätte in seines Vaters Geschäft eintreten können, aber er wollte nicht; er hätte Rechtsanwalt werden können, allein es war ihm der Mühe zu viel, sich auf diesen Beruf vorzubereiten; er hatte seine eigene Wahl getroffen, und ich war der Ansicht, er habe Glück genug, daß er ein Einkommen von vierhundert Pfund jährlich hatte. Zu erwarten, daß ihm mein Mann ein größeres

Jahrgeld aussetze oder ein großes Kapital gebe, damit der Herr Sohn ein Leben führen könne, wie er es aus eigener Kraft nicht zu thun im stande war, das war einfach unvernünftig.

Mrs. Helston hatte augenscheinlich nicht die Absicht, von ihrem eigenen Einkommen etwas für ihre Tochter abzugeben. Sie sprach das mir gegenüber auch offen aus; allein anstatt wenigstens den jungen Leuten ein gutes Beispiel zu geben und sie zur Sparsamkeit anzuhalten, nötigte sie Frank fortwährend, über seine Mittel hinaus zu leben, und sagte ihrer Tochter, sie habe sich an einen »Commis« weggeworfen; aber auf Kosten dieses Commis zu leben, dazu war sie nicht zu stolz.

Mrs. Helston war entschieden über ihrer Tochter Partie enttäuscht. Es hätte der gnädigen Frau freilich besser gepaßt, wenn diese einen reichen Mann in angesehener gesellschaftlicher Stellung geheiratet hätte. Dann wäre auch sie in die Lage gekommen, eine Rolle zu spielen, und nichts gefiel Mrs. Helston besser, als auf andrer Leute Kosten eine Rolle zu spielen.

Es dauerte auch nicht lange, bis Mrs. Helstons schlechter Einfluß auf Frank zu Tage trat. Eines Abends kam er, um seinen Vater zu besuchen, und sagte ihm ziemlich deutlich, daß er Geld brauche. Unglücklicherweise brachte er sein Anliegen nicht in der liebenswürdigsten Art vor. Er sagte – wer ihm das eingeblasen hatte, war nicht schwer zu erraten – er sei schlecht behandelt worden, und sein Vater hätte ihm bei seiner Verheiratung ein zu einem anständigen Leben ausreichendes Jahrgeld aussetzen sollen.

Mein Mann hat mir später erzählt, was bei dieser Gelegenheit gesprochen wurde, worauf ich nicht umhin konnte, es für baren Unsinn zu erklären. Als wir heirateten, fingen wir sehr bescheiden an und versuchten nicht, zu laufen, ehe wir gehen konnten. Frank erhielt zweihundert Pfund von seinem Vater, was zusammen mit den vierhundert Pfund, die er selbst verdiente, zu anständigem Auskommen vollkommen hinreichend war. Allein ich schlug meinem Manne vor, das Verständigste würde sein, wenn Frank sich ein kleines, uneingerichtetes Haus nähme, das mein Mann ihm ausstatten könne; das wäre ein ganz guter Anfang für Frank.

Mein Mann ging auf den Vorschlag ein und begab sich zu Frank, um es ihm mitzuteilen, allein er sagte ihm dabei aufs bestimmteste, daß er auf eine Erhöhung seines Jahrgeldes unter keinen Umständen eingehen könne. Er müßte dann auch das Jahrgeld seiner andern verheirateten Kinder erhöhen, das verlange die Billigkeit, aber seine Mittel erlaubten es ihm nicht. Frank nahm das Anerbieten mit Freuden an, und er, Laura und Mrs. Helston machten sich sofort an die Haussuche.

Aber nach dem, was ich später hörte, war es Mrs. Helston, deren Wünsche vor allem berücksichtigt wurden. Sie hatte alle möglichen Einwendungen zu machen und wählte schließlich ein kleines Häuschen, nur weil es in einer sogenannten vornehmen Gegend lag, das aber nicht die geringste Annehmlichkeit besaß. Als Franks Frau zu mir kam und mir erzählte, was sie zu nehmen beabsichtigten, sprach ich meine Meinung sehr offen aus und machte sie darauf aufmerksam, daß eine Menge geräumiger Häuser mit hübschen Gärten zur halben Miete zu haben seien, wenn sie sich eine billigere Gegend aussuchten, zum Beispiel Camberwell, Islington, Camden Road oder Holloway.

»Du meine Güte!« rief Laura. »Was für ein Gedanke! Wir sollen in Camberwell oder Holloway wohnen? Mama denkt nicht im Traume daran.«

»Nun, ich habe wirklich bis jetzt noch nicht gewußt, daß mein Mann ein Haus für deine Mama auszustatten im Sinn hat.«

»O,« sagte sie, ärgerlich werdend, »du reibst mir immer meine Mama unter die Nase.«

»Nicht im geringsten,« entgegnete ich, »ich bin die Letzte in der Welt, die meines Sohnes Frau irgend etwas unter die Nase reiben möchte, am wenigsten ihre eigene Mutter; allein ich wiederhole, wo deine Mutter wohnt, ist ganz allein ihre Sache. Frank sucht ein Haus für sich und dich.«

»Sehr richtig,« versetzte sie schnippisch, »und unter diesen Umständen sehe ich wirklich nicht ein, was dich die Sache angeht; du sollst ja nicht darin wohnen.«

Ganz so ungezogen waren ihre Worte zwar nicht, allein sie liefen auf dasselbe hinaus, und ich begnügte mich damit, die Achseln zu zucken und zu sagen, ich wolle mich in Zukunft hüten, überhaupt eine Meinung auszusprechen, aber natürlich sähe ich als Mutter es nicht gern, wie sich mein Sohn Hals über Kopf zu Grunde richte. Wie die Unterredung noch geendet hätte, weiß ich nicht, aber zum Glück kam Sabine mit den beiden kleinen Walkinshaws, und wir sprachen von etwas andrem. Laura empfahl sich bald nachher.

Trotz meines Widerspruchs nahmen sie das und auch bei der Einrichtung wurde ich nicht zu Rate gezogen, obschon mir viele Leute, die es verstehen, gesagt haben, daß mein Geschmack ausgezeichnet sei.

Mrs. Helston nahm die ganze Sache in die Hand, und einen schönen Firlefanz und Theaterkram brachte sie zusammen. Alles war nur auf den äußeren Schein berechnet, von wirklicher Bequemlichkeit keine Spur. Als aber die Rechnungen kamen, machte sie nicht den leisesten Versuch der Einmischung. Sie ließ sie ruhig meinem Manne vorlegen und gab sich nicht einmal die Mühe, die einzelnen Posten auf ihre Richtigkeit zu prüfen. Der Gesamtbetrag war auch erheblich höher, als der von Mr. Tressider bewilligte, allein er sagte, bezahlt müßten die Sachen jedenfalls werden, und da sie auf seinen Namen gekauft seien, müsse er es um der Ehre dieses Namens willen thun, aber er stimmte mit mir darin überein, daß in Franks Haushalt etwas zuviel »Schwiegermutter« sei.

Bald nachdem sie eingezogen und mit der Einrichtung fertig waren, erhielten wir eine Einladung zum Essen. Viel Lust, hinzugehen, hatte ich zwar nicht, aber ich fühlte, daß es meine Pflicht sei. Ich wußte, daß einige von Mrs. Helstons Verwandten da sein würden.

»Wir wollen doch lieber hingehen,« sagte ich deshalb zu meinem Manne, »die Leute könnten sich sonst einbilden, wir hielten uns nicht gut genug für ihre großartigen Verwandten. Man kann nie wissen, was das Weib zur Erklärung unsres Ausbleibens sagen würde.«

So gingen wir denn, und ich sollte mein blaues Wunder erleben. Das Essen war wirklich großartig, aber die dabei zu Tage tretende Verschwendung empörend. Zu Hause war gewiß gar nichts gemacht worden, und mein Mann erzählte mir, die Weine wären von den köstlichsten und teuersten Sorten gewesen. Wie gewöhnlich, war alles Mrs. Helston überlassen worden, und es muß Frank ein schönes Stück Geld gekostet haben. Für einen jungen Mann in seiner Stellung war es jedenfalls ganz unpassend, ein solches Essen zu geben. Es war ein Essen, das, wie mein Mann beim Heimfahren sagte, nur im Konkursverfahren, ein Schilling fürs Pfund, bezahlt werden könne.

Laura trug ein Kleid, das ganz gut für eine Herzogin oder die Frau eines Citykrösus gepaßt hätte, und sie hatte die Unverschämtheit, mir zu sagen, es sei aus Paris, und sie habe die Absicht, alle ihre Kleider dort machen zu lassen.

Ich erhob meine Hände vor Schreck.

»Liebes Kind,« rief ich, »du bist sicherlich im Irrtum über deines Mannes Verhältnisse; er hat sechshundert Pfund jährlich, nicht wöchentlich.«

»Ach was,« rief sie lachend, »Frank hat viel mehr, als du glaubst; wir werden dich eines Tages überraschen.«

Und sie überraschten mich in der That, denn bald nachher kam sie in einem feinen Brougham vorgefahren. Ich stand zufällig am Fenster, sah den Wagen vor unsrer Thür halten und wunderte mich, wer es wohl sein könne. Das Pferd war sehr schön, ein Hochtraber, und der Kutscher trug eine feine Livree und hatte eine Kokarde am Hut.

Als Laura, wieder wie eine Herzogin gekleidet, ausstieg, hättet ihr mich umblasen können. Daß der Wagen ihr gehöre, ließ ich mir immer noch nicht träumen.

»Wer hat dir denn den schönen Brougham geliehen?« fragte ich sie.

»Niemand,« antwortete sie mit einem Zug um den Mund, der fast wie Hohn aussah. »Frank hat ihn mir zum Geburtstage geschenkt.«

»Ist denn der Junge rein toll geworden?« rief ich aus. »Wie will er ihn denn bezahlen und bei seinem Einkommen unterhalten?«

»O,« erwiderte sie leichthin, »er verdient jetzt sehr viel Geld; vorige Woche hat er zweitausend Pfund Sterling verdient.«

Mir brach der kalte Angstschweiß aus, denn ich dachte, er wette oder spiele an der Börse, und ich weiß, wie das stets endet. Allein Laura erklärte es anders. Frank hatte mit einem von Mrs. Helstons

Freunden, der irgend etwas in der City war, ein gemeinsames Geschäft angefangen. Sie waren Gründer geworden.

Was das war, wußte ich nicht, aber ich war sehr unglücklich darüber, denn mein gesunder Verstand sagte mir, daß ein Geschäft, wobei ein junger Mensch, wie Frank, in einer Woche zweitausend Pfund Sterling verdiene, nicht mit rechten Dingen zugehen könne.

Sowie mein Mann nach Hause kam, erzählte ich ihm alles, und er war ebenso erstaunt, als ich. Er wußte nicht einmal, daß Frank seine Stellung als Vertreter des Pariser Hauses aufgegeben hatte, schüttelte den Kopf über die Gründerei und sagte, er wolle sich am nächsten Tage in der City erkundigen. Das that er und brachte in Erfahrung, daß sich Frank mit einem Mr. Smith, einem Menschen, der sich keineswegs des besten Rufes erfreute, verbunden habe. Die Firma hieß Smith & Co., Frank war die Compagnie, und sie beschäftigten sich damit, Aktiengesellschaften zur Ausbeutung von Goldminen und ähnlichen Dingen zu gründen.

»Ist das etwas Anständiges?« fragte ich meinen Mann, und er sah aus, als ob er meine Frage verneinen wolle, allein laut sagte er nur, die einzige Gesellschaft, die sie bis jetzt gegründet hätten, scheine gut zu sein, aber die Verbindung mit Smith gefalle ihm doch nicht; er werde Frank aufsuchen und ein Wort der Warnung mit ihm reden.

Ich konnte sehen, daß mein Mann sich Sorgen über die Sache machte. Gründen sei an sich ein ganz anständiges Geschäft, sagte er, so lange die Gründungen auf wirklich gesunder Grundlage ruhten, aber sehr viele Gründungen wären der reine Schwindel, und er fürchte, Frank könne in etwas verwickelt werden, was nicht ehrenhaft sei.

Am nächsten Tage ging mein Mann nach dem Geschäft von Smith & Co. und fand Frank in einem üppig ausgestatteten Zimmer, eine große Cigarre rauchend und im Gespräche mit einem Herrn, der in einen kostbaren Pelz gekleidet war und von Diamantringen und -knöpfen nur so funkelte.

Das war Mr. Smith.

Nachdem Frank Mr. Tressider vorgestellt hatte, sprachen sie kurze Zeit zusammen, und dann ging er mit seinem Vater zum Frühstück.

Er hatte große Rosinen im Sack, und als ihn sein Vater fragte, weshalb er einen solchen Schritt ohne seinen Rat gethan und warum er die ganze Sache überhaupt so geheim betrieben habe, antwortete Frank, es sei ihm unangenehm gewesen, davon zu sprechen, ehe er gesehen habe, wie sich die Sache entwickele; aber jetzt, wo er auf dem besten Wege sei, binnen kurzem ein reicher Mann zu werden, könne es alle Welt wissen. Nun legte er los, und seinem Vater blieb der Verstand stehen, als er hörte, wie er mit Millionen um sich warf, und wie er von den Plänen, die er und Smith hatte, redete. Wenn man ihn sprechen hörte, sagte Mr. Tressider nachher, hatte man glauben sollen, daß alles Gold und alle Diamanten der Welt ganz bescheiden im Winkel warteten, bis es Mr. Frank Tressider gefiele, das britische Publikum darauf aufmerksam zu machen.

Als es meinem Manne endlich auch einmal gelang, ein Wort dazwischen zu werfen, fragte er Frank, ob er irgend welche Kenntnis von dem wunderbaren Werte dieser Minen und Bergwerke und was es alles war, habe.

»Nein,« entgegnete Frank, »aber Smith kennt sie, und wir stehen mit einigen der schlausten Kerle von London in Verbindung.«

»Na, mein Junge,« erwiderte sein Vater, »dann paß nur auf, daß sie nicht zu schlau für dich sind. Ich will dir offen gestehen, daß mir die Art von Geschäften, womit du dich zu befassen scheinst, gar nicht zusagt. Du hast keine Erfahrung und keine Stellung in der Geschäftswelt, und wenn diese Dinge wirklich so gut sind, dann kann ich mir nicht erklären, weshalb sich Smith gerade dich zum Teilhaber ausgesucht hat.«

»O, Smith ist ein ganz famoser Kerl,« versetzte Frank, »er stellt mich allen seinen Freunden und Kunden als den ›Sohn John Tressiders, des wohlbekannten Kaufmanns in der City‹ vor, und er meinte neulich, wenn du Lust hättest, Direktor einer unsrer Gesellschaften zu werden, würde es ihn sehr freuen, dir dienen zu können. Wir haben jetzt einige großartige Pläne an der Hand, Alterchen, und wenn du ein paar Tausend liegen hast, kannst du einen Haufen Geld verdienen. Ich habe vorige Woche Zweitausend auf einen

Schlag gemacht, wie du weißt. Ich will dir was sagen, Alterchen, du hast eine Masse Freunde in der City, und wenn du ein paar von ihnen veranlassen könntest, Direktoren einer oder der andern Gesellschaft zu werden, die wir demnächst gründen wollen, so wäre mir das ein großer Gefallen.«

Mr. Tressider fragte, was das für Gesellschaften seien, worauf Frank ihm die Ankündigungen zeigte. Eine Gesellschaft sollte einen Winterpalast und einen Eiffelturm auf den Sandwichinseln erbauen, eine andre eine Goldmine auf Madagaskar erwerben und ausbeuten, eine dritte ständige Puppentheater an den Ecken der Hauptstraßen des vereinigten Königreiches errichten und eine die in den Straßen aufgestellten Feuermelder zur selbstthätigen Verteilung von belegten Brötchen einrichten, nach Art der Dinger, wo man einen Nickel in einen Spalt wirft.

Ich verstehe nicht viel von derartigen Dingen und entsinne mich deshalb nicht, was Mr. Tressider alles darüber sprach, vielleicht habe ich auch einige der Gesellschaften nicht richtig beschrieben, aber ich weiß, daß er mit einem sehr langen Gesicht nach Hause kam und sagte, er fürchte, die Geschichte werde ein schlechtes Ende nehmen.

Sie fing nicht schlecht an, denn Frank fuhr eines Tages in einem seinen Zweispänner bei uns vor, und Laura war auf unsrem Ball der reine Juwelierladen, so war sie mit Diamanten bedeckt. Sie mieteten einen Palast in einer der vornehmsten Straßen und machten ein großartiges Haus. Wie oft habe ich mir die Augen gerieben und mich gefragt, ob ich wache oder träume, oder ob dieser junge Mensch, der so lebte, als ob er über ein Jahreseinkommen von zwanzigtausend Pfund verfüge, wirklich mein Sohn Frank sei.

Allein Mr. Tressider sprach nie gern darüber, ja, er vermied den Gegenstand nach einiger Zeit gänzlich, ebenso, wie er ablehnte, Franks glänzende Gesellschaften zu besuchen, und ich konnte sehen, daß er im Gemüt bedrückt war. Ich weiß, daß er wiederholt zu Frank ging, um ihn zu warnen und zu veranlassen, die unsaubere Geschäftsverbindung zu lösen, aber es half alles nichts, und endlich kam der Krach.

Ich will nicht näher darauf eingehen, denn die Sache ist zu peinlich für uns alle. Die Zeitungen brachten lange Aufsätze über

Schwindelgesellschaften, und eines Tages hörten wir, Smith & Co, seien bankerott, und Frank hätte nicht nur alles, was er besaß, bis auf den letzten Heller verloren, sondern habe noch größere Verbindlichkeiten, als er je tilgen zu können hoffen dürfe.

Ich wußte, daß er sich nie in so wagehalsige Unternehmungen gestürzt haben würde, um rasch reich zu werden, wenn er nicht durch die Streberei seiner Schwiegermutter und die selbstsüchtige Verschwendungssucht seiner Frau dazu getrieben worden wäre. Es war mehr gegen ihn gesündigt worden, als daß er selbst gesündigt hatte. Er war das blinde Werkzeug Smiths gewesen, der sich freute, mit dem Sohne eines wohlbekannten und angesehenen Handelsherrn der City in Verbindung zu kommen, als er nach einigen Jahren erzwungener Zurückgezogenheit von neuem anfing.

Franks Verbindlichkeiten wurden bis auf den letzten Schilling bezahlt. Mr. Tressider erklärte, das sei er der Ehre des Namens schuldig, und wenn er selbst an den Bettelstab kommen sollte. Zum Glück war der Betrag, den mein Mann zu decken hatte, für seine Verhältnisse nicht allzu groß. Franks Anteile an den Gesellschaften, die sich als gesund erwiesen und gut bezahlt wurden, sowie der Erlös aus seiner beweglichen Habe und seiner Frau Brillanten erreichte fast den Betrag seiner Verbindlichkeiten. Allein als alles geordnet war, stand er ohne einen Heller Vermögen in der Welt und schuldete seinem Vater mehrere tausend Pfund, aber er entging wenigstens der Schande des Bankerotts.

Als der Krach kam, fand Mrs. Helston plötzlich, daß ihr Gesundheitszustand eine Kur in Karlsbad dringend notwendig mache, aber Laura zeigte zum erstenmal, seit ich sie kannte, daß doch etwas in ihr steckte. Ihr Mann sagte ihr, er müsse das Leben von vorn beginnen und zwar, so weit als möglich entfernt von allen, die seine Vergangenheit kannten. Es war ihm eine gute Stelle in Australien angeboten worden, die er anzunehmen beabsichtigte. Sie legte ihr großartiges Wesen sofort beiseite und erklärte, sie werde mit ihm gehen und alles thun, was in ihren Kräften stehe, um ihm zu helfen und die Vergangenheit zu sühnen. Ich glaube, sie hat ihr Wort ehrlich gehalten, denn Frank spricht in seinen Briefen in der liebevollsten Weise von ihr. Frank und seine Frau sind jetzt in Australien, aber ich hoffe, daß wir sie in nicht zu ferner Zeit wieder in unsrer Mitte haben werden – und dann ohne seine Schwiegermutter.

Siebzehnte Erinnerung.

Die Pfauenfedern.

Es gibt viele Leute, die über »Altweiberaberglauben«, wie sie es nennen, spotten, wie z. B, zu dreizehn zu Tische sitzen, unter einer Leiter hergehen, den neuen Mond zuerst durch eine Glasscheibe sehen, einen Regenschirm innerhalb des Hauses öffnen und Pfauenfedern im Zimmer haben. Ich selbst bin nicht sehr abergläubisch, aber manches würde auch ich nicht thun, und ganz besonders könnte mich nichts dazu bringen, mich zu dreizehn zu Tische zu setzen oder Pfauenfedern im Hause zu haben.

Eines Tages bei einem Familiengeburtstagsessen sprachen wir über Aberglauben, und wir waren alle einig darin, daß dreizehn bei Tische etwas sei, was keins von uns zu thun wagen würde (wir waren darauf gekommen, weil wir eben mit knapper Not der Gefahr entgangen waren, zu dreizehn zu Tische gehen zu müssen, da ein Glied der Gesellschaft so spät kam, daß wir es schon aufgegeben hatten), aber wir waren keineswegs einer Meinung über die Pfauenfedern.

Marion, meines zweiten Sohnes William Frau, die sehr hübsch malt, einen entschieden künstlerischen Geschmack hat und ihre Zimmer mit geringen Kosten reizend auszuschmücken versteht, wollte nicht zugeben, daß Pfauenfedern bedenklich seien, und William, als gehorsamer Gatte (es ist schade, daß es nicht mehr Männer mit einer ähnlichen Schwäche gibt), stimmte ihr in allem zu.

»Es ist doch wirklich zu albern, zu behaupten, daß Pfauenfedern Unglück brächten,« sprach Marion, »Wenn es sich so verhielte, würden sie doch nicht so viel als Zimmerschmuck verwendet werden. Ich werde mich wenigstens nicht daran kehren. Kürzlich sah ich ein paar reizende Pfauenfederfächer, die eine meiner Freundinnen hierher geschickt hat, um sie für eine Predigerwitwe zu verkaufen, die will ich mir kaufen und über dem Kamin im Empfangszimmer anbringen.«

Wir alle schüttelten den Kopf und waren der Ansicht, das werde sicher Unglück bringen, und John, mein Aeltester, erzählte eine schreckliche Geschichte von einem Herrn, der eine Pfauenfeder auf der Straße aufgehoben und mit nach Hause gebracht habe, und am folgenden Tage sei er über eine Müllschippe, die das Mädchen auf der Treppe habe stehen lassen, gestolpert und habe ein Bein gebrochen.

»Ja,« sagte William, »das beweist weiter nichts, als daß es gefährlich ist, Müllschippen auf der Treppe stehen zu lassen, und darin stimme ich vollständig mit dir überein.«

»Aber das ist nicht alles, was vorgefallen ist,« fuhr John fort, »Am selben Nachmittag brannte sich die Frau des Mannes, der das Bein gebrochen hat, ihre Stirnlocken, als das im Nebenzimmer befindliche Kindermädchen, das das Kleinste auf dem Arme hatte, sich auf einen Stuhl setzte, ohne zu bemerken, daß die Katze darauf lag. Diese heulte, und das Mädchen kriegte einen solchen Schreck, daß es aufsprang und ebenfalls heulte. Das veranlaßte die Dame, sich plötzlich umzuwenden, und dabei stieß sie sich das Brenneisen so in den Backen, daß sie dauernd entstellt ist. Was sagst du dazu?«

William zuckte die Achseln.

»Ich sage weiter nichts, als daß Frauen, die etwas auf ihr Haar geben, es nicht mit heißem Eisen kräuseln sollten, denn sie brennen das Leben heraus, und daß Kindermädchen sich umsehen müssen, ehe sie sich niedersetzen. Das Brenneisen und die Katze waren an dem Unfall Schuld, nicht die Pfauenfeder. Ist sonst noch was vorgefallen?«

»O ja! Am selben Abend verspürte das Zimmermädchen, als es mit seinem Lichte hinaufging, einen starken Gasgeruch. Sie trat in das Zimmer, woraus, wie sie vermutete, der Geruch kam, und als sie eintrat, erfolgte ein furchtbarer Knall. Das Fenster wurde hinausgeschleudert, ein Teil der Decke stürzte ein und die auf dem Kaminsims stehenden Nippsachen wurden zerschlagen, nur etwas blieb unversehrt.«

»Und das war?«

»Die Pfauenfeder, die die Dame dort hingestellt, als ihr Mann sie ihr gegeben hatte. Was sagst du dazu?«

»Daß das Hausmädchen sehr nachlässig gewesen ist und vergessen hat, das Gas im Zimmer zuzudrehen, als der Haupthahn abgestellt wurde. Dieser Unfall fällt dem Mädchen zur Last und nicht der Pfauenfeder.«

»Natürlich kannst du die Sache immer so drehen,« sagte ich, »aber das bringt die Thatsache nicht aus der Welt, daß alle diese Unglücksfälle erst eintraten, nachdem die Pfauenfeder ins Haus gebracht worden war. An deiner Stelle, liebe Marion, würde ich's andern Leuten überlassen, sich mit diesen Fächern in Gefahr zu stürzen.«

Marion lächelte und entgegnete, daß thatsächlich ein andrer der Gefahr ausgesetzt werden würde, denn sie wohnten, wenn sie in die Stadt kamen, in möblierten Zimmern (sie lebten damals auf dem Lande), und dort sollten die Pfauenfedern ihre Probe bestehen.

Die Unterhaltung nahm eine andre Wendung, es wurde nichts mehr über die Pfauenfedern gesprochen, und ich vergaß die ganze Sache sehr bald.

Etwa acht Tage danach besuchte ich Marion in ihrer möblierten Wohnung, und das erste, was meine Augen erblickten, waren die Pfauenfederfächer, die am Spiegel steckten.

»O, du hast sie doch gekauft?« fragte ich.

»Ja,« antwortete sie, »ich habe sie am folgenden Tage gekauft, und sie haben seit der Zeit dort gesteckt und bis jetzt ist noch niemand etwas Schreckliches zugestoßen. Im Gegenteil, sie haben mir Glück gebracht.«

»Wirklich? Wieso?«

»Du weißt doch, was für Mühe ich hatte, ein gutes Stubenmädchen zu finden, das ich mit nach Hause nehmen konnte?«

Ich nickte, denn William hatte mir von den Unannehmlichkeiten, die ihnen ihre Mädchen machten, erzählt. Das, das sie lange Zeit gehabt hatten, ein sehr braves Mädchen, war gegangen, um zu heiraten, und es war ihnen bis jetzt nicht gelungen, einen Ersatz zu finden. Der Ort, wo sie lebten, war sehr still und weit von der nächsten Eisenbahnstation entfernt. Die Mädchen vom Orte sagten Marion nicht zu, weil sie nicht gewandt genug waren, und die Londoner Mädchen wollten nicht dahin gehen, weil es an ihren freien

Sonntagen zu langweilig für sie war und sie ihre Bekannten nicht besuchen konnten.

Ich hätte von ihren Schwierigkeiten gehört, erwiderte ich Marion, und innigen Anteil daran genommen.

»Dann wirst du dich freuen, zu hören, daß meine Schwierigkeiten vorüber sind,« antwortete sie, »und ich verdanke es nur diesen Pfauenfedern. Nachdem ich sie gekauft hatte, fragte mich die Dame, ob ich niemand wisse, der ein gutes Hausmädchen brauchen könne. Die Predigerwitwe, die ihr die Fächer und einige andre Kleinigkeiten zum Verkauf geschickt, hatte sie auch gefragt, ob sie jemand wisse, der ein Mädchen suche. Sie wolle ihren Haushalt auflösen und sehe sich nach einer Stelle für ihr Hausmädchen Mary Jones um. Du kannst dir denken, Mutter, daß ich mit beiden Händen zugriff, denn wenn es ein gutes Mädchen war, dann hatten meine Schwierigkeiten ein Ende. Da sie auf dem Lande gelebt hatte, würde sie nichts dagegen haben, wieder da zu leben, und mir würde die Mühe erspart, Erkundigungen einzuziehen, da mir die Empfehlung meiner Freundin natürlich genügen konnte. Ich bat sie also, doch gleich an die Predigerwitwe zu schreiben und sie zu fragen, weshalb Mary Jones ihren Dienst verlassen wolle. Ferner ersuchte ich meine Freundin, die gewöhnlichen Erkundigungen einzuziehen, und wenn diese befriedigende Ergebnisse hätten, wollte ich das Mädchen sofort in Dienst nehmen, und es könne sogleich nach unsrer Rückkehr aufs Land bei uns eintreten. Die Erkundigungen sind eingezogen worden, die Antworten höchst befriedigend ausgefallen, und ich habe mir in Mary Jones augenscheinlich ein ausgezeichnetes Mädchen gesichert.«

»Nun, da wünsche ich dir von Herzen Glück, meine liebe Marion,« erwiderte ich, »aber meine Erfahrung hat mich gelehrt, nicht an fehlerlose Kleinodien zu glauben, bis ich mich selbst überzeugt habe.«

Einige Tage später kehrte Marion nach Hause zurück (sie wohnte in einer ziemlich einsamen Gegend etwa zwei und eine halbe Meile von St. Albans), Mary Jones, das von der Predigerwitwe so warm empfohlene Hausmädchen, trat seinen Dienst an, und Marion war, soweit ich aus ihren Briefen sehen konnte, sehr zufrieden mit ihr. Auch die Pfauenfedern waren mit aufs Land genommen worden, wie ich aus einer Nachschrift zum ersten Briefe, den mir Marion nach ihrer Ankunft dort schrieb, erfuhr.

»Nachschrift: Die Pfauenfedern haben den Ehrenplatz im Empfangszimmer, und wir sind immer noch vollkommen gesund und in der besten Stimmung.«

Etwa einen Monat danach reiste ich nach St. Albans, um William und seiner Frau einen mehrtägigen Besuch zu machen, und dabei hatte ich Gelegenheit, Mary Jones zu beobachten und mir selbst ein Urteil über sie zu bilden. Mein erster Eindruck war entschieden günstig. Sie war groß, sah ganz fein aus und hatte eine angenehme Stimme und ein ruhiges Wesen. Ich meinte, sie hätte etwas Trauriges im Blicke, allein das ist viel besser, als das einfältige grinsende Lächeln, das so viele Dienstmädchen an sich haben, und daß sie ihre Arbeit gründlich verstand, konnte nicht in Abrede gestellt werden. Marion und William waren ganz entzückt von ihr, und sie vertrug sich auch ausgezeichnet mit den andern Dienstboten.

»Beklagt sie sich nicht über die Einsamkeit und Stille hier?« fragte ich.

»O nein, nicht im geringsten; sie geht an ihren freien Sonntagen in die Kirche, und zweimal hat sie abends an einem Wochentage um die Erlaubnis gebeten, nach St. Albans zu gehen. Sie ist das beste Mädchen, das wir je gehabt haben, und gute Dienstboten tragen so viel zur Behaglichkeit des Hauses bei.«

Während meines ganzen Aufenthaltes dort hatte ich keine Veranlassung, meine günstige Meinung über Mary Jones zu ändern. Ich kehrte mit der Ueberzeugung nach Hause zurück, daß sich meine Tochter Glück wünschen dürfe, sich ein wahres Kleinod von einem Mädchen gesichert zu haben, und ich räumte ein, daß sie dieses Glück den Pfauenfedern verdanke.

Nicht lange nachher kam in einer Gesellschaft die Rede auf Dienstmädchen. Ich erwähnte meiner Schwiegertochter Glück und nannte schließlich auch des Mädchens Namen.

Einer der anwesenden Damen schien dieser aufzufallen, denn sie fragte mich, ob es ein großes, fein aussehendes Mädchen sei.

»Ja,« sagte ich, »das ist sie.«

»Wissen Sie, wie Ihre Schwiegertochter zu dem Mädchen gekommen ist?«

»Ja, es ist ihr von einer Freundin empfohlen worden, die seine frühere Herrin kennt.«

»War diese frühere Herrin eine Mrs. Hesketh?«

»Den Namen weiß ich nicht, aber sie ist eine Predigerwitwe.«

»Dann ist es die Mary Jones, die ich meine.«

»Sie kennen sie also? Sie wissen doch hoffentlich nichts Nachteiliges über sie,« sagte ich und konnte ein gewisses Gefühl des Unbehagens nicht unterdrücken.

»O nein, gar nichts, im Gegenteil, alles, was ich gehört habe, spricht zu ihren Gunsten, aber sie war in eine schreckliche Geschichte verwickelt. Wissen Sie, wie Mr. Hesketh gestorben ist?«

»Ich weiß gar nichts über die Heskeths,« entgegnete ich. »Ich höre den Namen heute zum erstenmal. Bitte, erzählen Sie mir alles, was Sie wissen.«

»Ich werde Ihnen alles erzählen, aber ich glaube, ich würde es an Ihrer Stelle meiner Schwiegertochter nicht mitteilen. Mrs. Hesketh hat offenbar nichts davon erwähnt, weil sie fürchtete, es möchte dem armen Mädchen erschweren, eine neue Stelle zu finden, denn manche Leute würden vielleicht Bedenken tragen, ein Mädchen zu nehmen, das in eine solche Geschichte verwickelt gewesen ist.«

»Nun muß ich aber bitten, daß Sie mir gleich alles erzählen; Sie haben mich wirklich beunruhigt,« sagte ich.

»Der Verstorbene Pfarrer Hesketh war ein Mann von etwa sechzig Jahren und stand im Rufe, mancherlei Eigentümlichkeiten zu haben. Auch sollte er wohlhabend sein und namentlich eine wertvolle Sammlung alter Schmucksachen besitzen, die sein Steckenpferd war. Er hatte einmal durch den Zusammenbruch einer Bank erhebliche Verluste erlitten, und seitdem sollte er, wie allgemein erzählt wurde, sein Geld im Hause verborgen haben, und nur wenn es eine bestimmte Höhe erreicht hatte, kaufte er Staatspapiere.

»Er wohnte mit seiner Frau und zwei Dienstmädchen in einem hübschen altmodischen Hause auf dem Lande. Von diesen Dienstmädchen war eins eine alte Person, die seit seiner Verheiratung als Köchin bei ihm war, das andre ein Hausmädchen, das er in Dienst genommen, als es die Dorfschule verlassen hatte. Als dieses Mädchen heranwuchs, knüpfte es ein Verhältnis mit einem auf einem benachbarten Gute beschäftigten jungen Manne an. Dieser ging nach Amerika, ersparte sich dort etwas und ließ sich seine Braut nachkommen, um zu heiraten. Die Heskeths ließen sie nur ungern gehen, weil sie sie gern hatten und sich nur schwer an neue Gesichter gewöhnten. An ihrer Stelle trat Mary Jones in ihren Dienst. Mrs. Hesketh, die ich vor kurzem in Bath getroffen habe, wo sich die alte arme Dame ihrer Gesundheit wegen aufhielt, hat mir die Geschichte selbst erzählt und gesagt, Mary habe ausgezeichnete Zeugnisse gehabt, und sie könne sich kein besseres und treueres Mädchen wünschen, als sie während des Jahres ihrer Dienstzeit bei ihr gewesen sei. Mary war etwa zwei Monate bei ihr, als die schreckliche Geschichte vorfiel, die dem armen alten Herrn das Leben kostete. An einem Winterabend hatte sich der ganze Haushalt früher als gewöhnlich – etwa um zehn Uhr – zurückgezogen, und Mr. Hesketh lag in tiefem Schlafe, wurde jedoch von seiner Frau daraus erweckt, als die Uhr im Hausflur gerade zwölf schlug.

»Stephen, rief Mrs. Hesketh, ›horch! Hörst du nichts?‹

»›Ich habe die Uhr schlagen hören.‹

»›Nein, das meine ich nicht – bst – hörst du es jetzt?‹

»Mr. Hesketh richtete sich auf und lauschte. Ein Geräusch, wie wenn jemand unten im Hause umhergehe, war deutlich hörbar.

»›Was kann das nur sein?‹ rief seine Frau aus, ›Ach Stephen, glaubst du, es könnten Einbrecher sein?‹

»›Ach was, hier gibt's keine Einbrecher, liebe Frau, Wahrscheinlich ist's die Katze, aber ich will auf alle Fälle 'mal hinuntergehen und nachsehen.‹

»Er erhob sich, schlüpfte in seinen Schlafrock und trat auf den Gang. Zu seiner großen Ueberraschung sah er Mary Jones vollständig angekleidet an der Treppe stehen.

»›Mary,‹ rief er aus, ›sind Sie denn das? Warum in aller Welt gehen Sie denn in dieser nachtschlafenden Zeit im Hause umher?‹

»Das Mädchen wandte ihm ein totenblasses Gesicht zu und erhob warnend einen Finger.

»›Still, Herr!‹ sprach sie ziemlich laut, ›sie werden Sie hören.‹

»›Mich hören? Wer?‹

»›Ich habe ein Geräusch vernommen und bin heruntergekommen, um zu sehen, was es sei. Es sind Männer im Hause. O, bitte, gehen Sie nicht hinunter, sie werden Sie umbringen.‹

»Allein der Gedanke, es werde eingebrochen und er solle seiner Schätze beraubt werden, war zu viel für den alten Herrn. Er drängte sich an dem Mädchen vorbei und eilte die Treppe hinab. Alt und schwach, wie er war, stolperte er in seiner Aufregung und fiel einen Teil der Treppe hinunter. Als seine Frau, durch sein langes Ausbleiben beunruhigt, endlich zitternd herauskam, fand sie ihn unten liegen, und die arme Mary Jones war damit beschäftigt, ihm die Stirn mit kaltem Wasser zu baden. Das Geräusch im Zimmer hatte aufgehört, die Diebe hatten mitgenommen, was sie wollten, und waren durch die Fenster des Erdgeschosses in den Garten gelangt und entkommen. Mr. Hesketh konnte sich nie von den Folgen des Sturzes und des Schrecks erholen und starb einen Monat nachher.«

»Du meine Güte,« rief ich, »wie traurig das ist, aber das Mädchen scheint sich sehr brav benommen zu haben, und sie hatte meiner Ansicht nach ganz recht, daß sie den Versuch machte, ihren Herrn zu hindern, sein Leben aufs Spiel zu setzen.«

»Ja, das war auch Mrs. Heskeths Ansicht, und als sie ihren Haushalt auflöste und alles verkaufte, hielt sie es für ihre Pflicht, ihr Möglichstes zu thun, um Mary eine andre Stelle zu verschaffen. Wahrscheinlich wollte sie dem armen Mädchen peinliche Fragen oder Erinnerungen ersparen, und deshalb hat sie in ihrem Briefe an Ihre Tochter nichts von der Sache erwähnt. Wenn ich an Ihrer Stelle wäre, würde ich auch nichts davon sagen. Damen, besonders junge Damen, haben manchmal ein Vorurteil gegen Leute, die in ein Trauerspiel verwickelt gewesen sind.«

Ich mußte der Dame recht geben und entschloß mich, Marion nichts zu sagen. Das habe ich auch nicht gethan, aber ich nahm mir vor, ich wollte es William bei erster Gelegenheit mitteilen.

Etwa eine Woche später kamen er und Marion zum Essen zu uns. Dabei hoffte ich, einen Augenblick zu finden, wo ich mit ihm allein reden könnte, und dann wollte ich ihm die sonderbare Geschichte der Mary Jones erzählen. Sie kamen auch, allein die gewünschte Zwiesprache unter vier Augen ließ sich nicht herbeiführen, da sie gegen meine Erwartung nicht über Nacht blieben, sondern früh wieder wegfuhren, um den letzten Zug zu erreichen, der sie noch nach Hause bringen konnte.

Zu meiner großen Ueberraschung kamen sie beide am folgenden Nachmittag um vier wieder und sahen ganz krank vor Aufregung und Sorge aus.

»Allmächtiger!« rief ich aus, »Was ist denn um Gottes willen vorgefallen?«

»Alles Mögliche,« entgegnete William, »etwas Furchtbares ist geschehen, und ich bitte dich, Marion ein paar Tage hier zu behalten, sie steht zu Hause die größte Angst aus. Als wir gestern abend gegen Mitternacht nach Hause kamen, klingelten und klopften wir, aber es wollte uns niemand hören.«

»Eingebrochen!« rief ich. »Du willst doch nicht sagen, daß bei euch eingebrochen worden ist?«

Warum ich das sagte, weiß ich nicht, aber es fuhr mir plötzlich durch den Kopf, und ich mußte an Mary Jones und ihre Geschichte denken.

»Ja, es ist bei uns eingebrochen worden,« sagte er.

»Weiter, weiter,« unterbrach ich ihn, »haben sie viel gefunden?«

»Viel mehr, als wir gern verlieren. Alles Silber, alle Schmucksachen meiner Frau mit Ausnahme der paar Kleinigkeiten, die sie gestern trug, und außerdem zwanzig Pfund in Gold, die sie erspart hatte und in einer Schublade ihrer Kommode aufbewahrte, und noch eine Menge andrer wertvoller Dinge. Aber das entdeckten wir erst viel später. Was uns am meisten beunruhigte, war, daß keins von den Mädchen kam. ›Sie müssen eingeschlafen sein.‹ sprach ich zu Marion und trommelte noch lauter an die Thür. Der Kutscher, der uns vom Bahnhofe nach Hause gebracht hatte, war wieder fortgefahren, und da standen wir im Dunkeln und Feuchten, denn es hatte angefangen zu regnen, und Marion wurde sehr besorgt. Endlich kam mir der Gedanke, nach der Seite des Hauses zu gehen und dort an eins der Fenster zu klopfen, in der Hoffnung, daß die Mädchen das eher hören würden. Zu meiner Ueberraschung fand ich, daß die Läden an der Seite nicht geschlossen waren, wie sie es hätten sein sollen, und ein Fenster stand halb offen.

»›Nein, aber wie nachlässig!‹ sagte ich zu mir selbst. ›Was kann denn aber den Mädchen nur zugestoßen sein?‹

»Ich stieg durch das Fenster ein und bemerkte sofort, daß etwas Außergewöhnliches vorgefallen war. Nun lief ich ins Eßzimmer und fand es vollständig in Unordnung. Alles, was auf dem Büffett gestanden hatte, war verschwunden. Rasch öffnete ich die Hausthür und ließ Marion ein.

»›Erschrick nicht,‹[?] sage ich, ›wir sind bestohlen worden, aber wenn nur den Mädchen nichts Schlimmes zugestoßen ist!‹

»Marion war einer Ohnmacht nahe, allein ich beruhigte sie und bat sie, mir zu helfen, Licht zu machen und das Haus zu durchsuchen. Sie blieb oben an der Treppe stehen, während ich in die Küche hinunterging.

»›Mary!‹« rief ich, ›Mary, wo sind Sie?‹ Nur ein Stöhnen antwortete mir.

»›Gerechter Himmel! dachte ich, den Mädchen ist etwas zuleide gethan worden.

»Ich lauschte, um zu hören, wo das Stöhnen herkam.

»›Wo sind Sie?‹ rief ich noch einmal.

»›Hier, Herr, hier,‹ antwortete eine schwache Stimme, die ich als die der Köchin erkannte.

»Sie schien im Kohlenkeller zu sein. Ich eilte hin, fand ihn von außen verschlossen, und als ich den Schlüssel umgedreht hatte, kam die Köchin blaß und zitternd zum Vorschein.

»›Ach, sind sie fort?‹

»›Fort? Wer?‹

»›Die Spitzbuben! Ach, Herr Tressider, diese Mary Jones! Die hat sie eingelassen. Sie haben mich in den Kohlenkeller gesperrt, weil ich anfing, zu schreien, und ich glaube, sie haben das Haus rein ausgeplündert.‹

»›Was sagen Sie da? Mary Jones hat sie eingelassen?‹

»›Ich weiß nicht, Herr Tressider, aber heute abend, gerade als es dunkel geworden war, kamen drei Männer auf einem Landwagen angefahren. Mary bat mich, ihr etwas zu besorgen, aber als ich gegangen war, fiel mir ein, daß es nicht recht wäre, sie allein zu lassen, und ging zurück. Gerade als ich an die Thür kam, ließ sie die fremden Männer ein, und aus der Art, wie sie mit ihr sprachen, sah ich, daß sie sich kannten, aber sie bemerkten mich, und als ich anfing zu schreien, stießen sie mich in den Kohlenkeller und schlossen mich darin ein. Dann hörte ich, wie sie im Hause umhergingen. Ach, Herr Tressider, haben sie viel gestohlen?‹

»Das war die Erzählung der Köchin, liebe Mutter,« schloß William, »und sie hat sich als wahr herausgestellt. Das Haus ist geplündert, und Mary Jones, die mit den Leuten im Bunde gewesen sein muß, hat gemerkt, daß die Köchin ihr Geheimnis entdeckt hat, und ist unter Mitnahme ihres Koffers, unsres Silberzeuges und Marions Schmucksachen mit den Männern davongefahren. Wer hätte das wohl gedacht, daß das Mädchen mit Einbrechern im Bunde stehe!«

Nachdem sie mir noch einige Einzelheiten erzählt hatten, teilte ich ihnen die Geschichte mit, die ich von der mit Mrs. Hesketh bekannten Dame gehört hatte, und wir waren alle der Ansicht, daß das so nett und fein aussehende Dienstmädchen schon damals mit den Dieben in Verbindung gestanden, sie eingelassen und ihnen gesagt habe, wo alles zu finden war.

»Meine Lieben,« sagte ich, »ich durchschaue jetzt die ganze Geschichte. Als der alte Pfarrer sie auf der Treppe fand, stand sie Wache für die Diebe, und sie versuchte ihn zu verhindern, hinunterzugehen, und dabei hat sie absichtlich so laut gesprochen, daß die Diebe gewarnt wurden, das erbärmliche Frauenzimmer!«

»Es ist ganz schrecklich,« sagte Marion mit Thränen in den Augen, »ich kann nie im Leben wieder jemand trauen und werde mich fürchten, auf dem Lande zu leben. Ohne Zweifel hat Mary den Menschen auf irgend eine Weise mitgeteilt, daß wir bis spät nachts in der Stadt sein würden, sie wußte es ja schon seit einer Woche, daß wir gestern bei euch essen wollten.«

Marion blieb einige Tage bei uns, während Willam in St. Albans mit der Polizei zu thun hatte, die versuchte, den Leuten auf die Spur zu kommen und das gestohlene Gut wieder zu erlangen. Man fand auch Leute, die die Männer spät in der Nacht auf dem Landwagen hatten vorbeifahren sehen, und es war auch ein Frauenzimmer bei ihnen gewesen, aber etwa eine Meile hinter St. Albans ging jede weitere Spur verloren. Bei der Londoner Polizei, die sich auch mit dem Falle beschäftigte, meinte man die Bande zu kennen. Als man dort von Mary Jones' Geschichte hörte, wurden auch Nachforschungen wegen des älteren Einbruches angestellt, und dadurch kam man schließlich auf eine Spur, die auch zur Verhaftung eines Mannes führte; aber obschon eine Masse gestohlener Sachen bei ihm gefunden wurde, gelang es nicht, ihm die Beteiligung an einem der Einbrüche zu beweisen. Von Mary Jones hat man nie wieder etwas gehört. Es ist gar nicht unmöglich, daß sie im gegenwärtigen Augenblick »ein vollkommenes Kleinod« bei irgend einer ruhigen Familie in einem andern Teile des Landes ist.

Ich spreche nicht oft über den Einbruch mit Marion (die jetzt in der Stadt wohnt, da William sich entschlossen hat, das Landleben aufzugeben), denn es ist ein wunder Punkt bei ihr, aber ich konnte doch eines Tages der Versuchung nicht widerstehen, sie zu fragen, ob sie die Pfauenfederfächer noch habe, die die Veranlassung gewesen waren, daß Mary Jones in ihr Haus kam.

»Nein, wahrhaftig nicht,« entgegnete sie, »die habe ich längst verbrannt. Ich hatte das Gefühl, wir würden nichts als Unglück haben, solange sie in meinem Besitze wären.«

Ganz sicher wäre nie eine Mary Jones in ihr Haus gekommen, und folglich hätte auch kein Einbruch stattgefunden, wenn diese Pfauenfedern nicht gewesen wären.

Achtzehnte und letzte Erinnerung.

Bei Durchsicht der Aufzeichnungen, die ich seit einer Reihe von Jahren in der Absicht gemacht habe, eines Tages meine Erfahrungen als Schwiegermutter niederzuschreiben, habe ich mich genötigt gesehen, vieles zu vernichten, was sich als sehr wirksam erwiesen und gezeigt haben würde, was sich Schwiegermütter alles gefallen lassen müssen, und wie ungerecht und boshaft sie sowohl auf der Bühne, als auch in der Litteratur behandelt werden.

Offen seine Meinung sagen, ist ganz leicht, solange man innerhalb seiner vier Wände spricht, aber, wenn es darauf ankommt, sie für den Druck niederzuschreiben, dann muß man eine Menge Rücksichten nehmen. Das ist die große Schwierigkeit, womit Schriftsteller, die nur die Wahrheit schreiben und nicht ihre Einbildungskraft zu Hilfe nehmen wollen, zu kämpfen haben. Man kann niemals die volle Wahrheit sagen, ohne irgend jemand zu beleidigen, und da diese Erinnerungen sich hauptsächlich mit Gliedern meiner Familie beschäftigen, gebe ich mir natürlich alle Mühe, diese nicht zu kränken.

Als ich meine Erinnerungen begann, hatte ich keine Ahnung, was für Schwierigkeiten ich zu überwinden haben würde, bis meine Aufgabe vollendet war.

Daß Mr. Tressider behauptete, ich hätte ihn lächerlich und zur Zielscheibe des Spottes der ganzen City gemacht, überrascht mich weiter nicht, nichts, was der sagt, kann mich überhaupt noch überraschen. Aber ich will nicht versuchen, in Abrede zu stellen, daß ich wirklich betrübt und verletzt war, als mir Augustus Walkinshaw einen langen Brief schrieb und erklärte, ich hätte ihm das Leben unerträglich gemacht, weil, wo er sich auch blicken ließe, seit diese Erinnerungen zu erscheinen begonnen haben, seine Freunde boshafte Bemerkungen auf seine Kosten machten. Meine eigene Tochter Sabine ist sogar so weit gegangen, ihre Augen funkeln zu lassen, als sie mir sagte, sie halte es für sehr unfreundlich von mir, daß ich versucht hätte, sie so hinzustellen, als ob sie sich fürchte, ihren Dienstboten zu kündigen, und als ob sie die Sklavin ihrer Kinder sei.

Diese Erinnerungen haben wie eine inmitten unsres häuslichen Kreises einschlagende Bombe gewirkt, und Mauds Mann hat sich sogar unterfangen, anzudeuten, er wolle »Erinnerungen eines Schwiegersohnes« schreiben und sich so rächen.

Wie schrecklich ist es doch, daß ein bißchen ungeschminkte, gesunde Wahrheit oft so unverdaulich erscheint!

Natürlich haben sich unsre Auseinandersetzungen darüber in den meisten Fällen auf einige Worte beschränkt; nur mein deutscher Schwiegersohn hat sich furchtbar lächerlich benommen. Die Feder sträubt sich, meine Gefühle beim Empfang eines Briefes von ihm zu schildern, worin er mir mitteilte, daß, wenn ich noch weitere Anspielungen auf seine Privatangelegenheiten oder seine häuslichen Verhältnisse veröffentliche, er zu seinem großen Bedauern genötigt sein werde, die Angelegenheit seinem Rechtsanwalt zu übergeben.

Sehr entrüstet über diesen Brief und der Ansicht, daß er es mir wenigstens in höflicher und freundlicher Weise hätte sagen können, wenn er an meinen Erinnerungen etwas auszusetzen hatte, zeigte ich den Brief meinem Manne.

»John Tressider,« sagte ich, »siehst du, das kommt davon, wenn man einen Fremden an den Busen nimmt.«

John Tressider sah mich verständnislos an.

»Ich versichere dich,« sprach er, »ich habe nie einen Fremden an den Busen genommen. Was meinst du eigentlich?«

Er las den Brief, und als er damit fertig war, fragte ich: »Nun, was sagst du dazu?«

Er machte in seiner gewöhnlichen Art, die mich immer so aufbringt, ein paarmal hm und ha, und meinte dann, er könne nicht sagen, daß er sehr überrascht sei.

»Aha, ich sehe schon,« erwiderte ich, »du willst wieder 'mal mit untergeschlagenen Armen dabei stehen und zusehen, wie ein armes, schwaches Weib mit Füßen getreten wird. Wärest du ein Mann, mit auch nur einem Körnchen wahren Stolzes, dann würde sich Karl Gutzeit nicht unterstanden haben, mir so einen Brief zu schreiben. Das ist geradezu ein Verbrechen gegen die Heiligkeit der Familienbande; es ist ein Attentat auf die besten Gefühle der

Menschheit. Wenn der Mann meiner Tochter mir mit Verklagen drohen kann und der eigene Gatte sich auf seine Seite stellt, dann ist die Zeit gekommen, wo Frauen mit etwas Unabhängigkeitssinn für die Rechte ihres mit Füßen getretenen Geschlechts zu den Waffen greifen müssen.«

»Ach, rede doch nicht solches Zeug, liebe Frau,« antwortete Mr. Tressider. »Wolltest du nur von deinem hohen Pferde heruntersteigen und die Sache mit nüchternen Augen ansehen, dann würdest du einsehen, daß du am besten thätest, wenn du den Empfang des Briefes anerkenntest, ihn als verzeihlichen Ausbruch des Aergers deines Schwiegersohns behandeltest und ihn versichertest, es sei nicht deine Absicht gewesen, ihn zu verletzen.«

»Was?« rief ich entrüstet, »meinst du etwa, ich solle ihn um Verzeihung bitten?«

»Nun, du brauchst nicht gerade um Verzeihung zu bitten. Suche ihn zu besänftigen, meine Liebe, suche ihn zu besänftigen.«

»Ihn besänftigen? Was du nicht sagst!« versetzte ich. »Bilde dir doch keine Schwachheiten ein, ich denke ja nicht im Traume daran. Ich werde noch heute zu ihm gehen und ihm sagen, was ich von ihm halte, und ihm klar machen, daß statt über das beleidigt zu sein, was ich über ihn geschrieben habe, er alle Ursache hat, mir für das zu danken, was ich verschwiegen habe. Ich werde noch eine Erinnerung schreiben, die sich ausschließlich mit ihm beschäftigen soll.«

Und das hätte ich auch ganz bestimmt gethan, wäre nicht Jane am Nachmittag herüber gekommen und hätte mir gesagt, sie mache sich ernstliche Sorge über ihren jüngsten Sohn, der, erst fünf Jahre alt, bereits einen ganz unbezähmbaren Jähzorn an den Tag lege. Es sei ihm eine Kleinigkeit, seine Milch und sein Brot an die Wand zu werfen, wenn ihm etwas nicht gefalle; ja er wäre bereits so weit gegangen, seine Spielsachen zum offenen Fenster der Kinderstube hinauszuwerfen, weil ihm nicht erlaubt worden sei, die Katze mit in sein Bad zu nehmen.

»Liebe Jane,« entgegnete ich, »das Kind artet seinem Vater nach; es ist das deutsche Blut, das in ihm steckt.« Und dann machte ich meinen Gefühlen über Karls Brief Luft.

Die arme Jane war ganz außer sich. Sie behauptete, Karl habe nur einen Scherz gemacht, er habe die größte Hochachtung vor mir und sage beständig, er sei der Ansicht, meine Kinder hätten alle ihre Klugheit und ihre häuslichen Tugenden von mir, und um sie zu beruhigen, erklärte ich mich schließlich bereit, nicht mehr über die Sache zu reden. Erst unmittelbar bevor sie fortging, bat sie mich, ihr zu versprechen, keine besondere Erinnerung über Karl mehr zu schreiben, und ich war schwach genug, ihr den Willen zu thun.

Einige Tage später ging ich aus, um Sabine und ihre Kinder zu besuchen, die ich längere Zeit nicht gesehen hatte, da sie ziemlich weit von uns wohnten. Als ich hinkam, bemerkte ich an Augustus, des jüngeren, Benehmen, daß etwas in der Luft lag. Seine Begrüßung war alles andre als herzlich, wie ich sie von einem Enkel zu erwarten das Recht hatte; er steckte die Hände in die Taschen und verließ protzig das Zimmer.

»Was hat denn der Junge?« fragte ich.

»Ich fürchte, er hat etwas übel genommen,« antwortete Sabine. »Er ist sehr empfindlich, und die Jungen in der Schule haben ihn mit seiner Mama und seinem Teleskop geneckt. Ich hoffe, liebe Mama, du wirst es entschuldigen, wenn ich es ausspreche, aber ich meine, du hättest die lieben Kinder aus deinen Erinnerungen weglassen können. Die eigene Familie sollte einem doch heilig sein.«

»Sabine,« versetzte ich, erhob mich vom Sofa und ging im Zimmer umher, denn ich konnte nur mit der größten Mühe meine Ruhe bewahren, »unterfängst du dich, mich meine Pflichten als Mutter lehren zu wollen?«

»O nein, Mama, ganz gewiß nicht. Ich habe nur selbst als Mutter gesprochen. Natürlich weiß ich, daß du meinen Kindern nicht wehe thun wolltest, aber...«

»Nicht weiter, Sabine! Meine eigenen Kinder haben mich nie zu würdigen verstanden und werden es nie lernen. Ich habe doch gewiß nichts Unfreundliches über irgend jemand gesagt und jedenfalls nur, was der Wahrheit entspricht. Und wenn Augustus junior etwas dagegen hat, daß ich etwas über ihn schreibe, so ist das einfach lächerlich. Ueber viele unsrer größten Männer und Frauen wird jeden Tag etwas geschrieben, sogar Ihre Majestät, unsre gnädige Königin, muß sich gefallen lassen, daß jedes kleine Ereignis aus ihrer Kindheit immer wieder erzählt wird. Noch vor ganz kurzem stand in einer unsrer ersten Monatsschriften ein langer Aufsatz über den Prinzen von Wales, worin alle seine Kinderstreiche aufgetischt waren, und die Geschichte vom ältesten Sohne des gegenwärtigen deutschen Kaisers, wie dieser ihn strafte, weil der Knabe sich nicht waschen lassen wollte, ist durch alle Zeitungen gegangen. Wenn der Prinz von Wales und der deutsche Kronprinz nichts dagegen haben, daß über sie geschrieben wird, dann braucht sich Musje Augustus Walkinshaw auch nicht zu beklagen, sollte ich meinen.«

»Liebe Mutter, du darfst nicht zu ernst nehmen, was ich gesagt habe.«

»O nein, gewiß nicht, aber ich kann doch nicht anders, als mich verletzt fühlen, meine Liebe, daß meine Beweggründe so falsch verstanden werden. Da ihr aber so ängstlich auf eure Würde bedacht seid, werde ich mich hüten, die Walkinshaws noch einmal in meinen Erinnerungen zu erwähnen. Ich will sogar davon Abstand nehmen, vom Hunde Jack zu sprechen; er könnte sich vielleicht auch beleidigt fühlen und mich anknurren, wenn ich wieder komme.«

Natürlich war ich durch das Gespräch ein bißchen erregt, allein ich hielt es für besser, nicht weiter darauf einzugehen, und lenkte die Unterhaltung auf etwas andres. Als ich aber nach Hause kam und meine Aufzeichnungen vornahm, fühlte ich doch, wie wenig Dank ich dafür geerntet, daß ich einen großen Teil gerade des interessantesten Stoffes geopfert hatte, und das war doch nur geschehen, um niemand zu verletzen. Aber, Undank ist der Welt Lohn. Dafür warf man mir vor, ich hätte aus den Gliedern der eigenen Familie Kapital geschlagen, oder, wie mein Sohn John sehr geschmackvoll sagt, sie »bloßgestellt«.

Das ist ebenso empörend als ungerecht. Seit vielen Jahren, ich könnte sagen, seit Jahrhunderten, sind die Schwiegermütter von jedem Grünschnabel, der buchstabieren kann, dem allgemeinen Hohn und der Verachtung preisgegeben worden. Sie sind in den schwärzesten Farben gemalt als Klatschweiber, Unheilstifterinnen, Störenfriede und unwillkommene Gäste in den Häusern ihrer Kinder hingestellt worden, aber sowie 'mal eine der Verfolgten zur

Feder greift und sich und ihre Genossinnen verteidigt, hält man ihr entgegen, daß die Familie geheiligt sein müsse.

Es ist zu bedauern, daß die Männer, die so viel Zeit darauf verwendet haben – sie hätten auch was Gescheiteres thun können – die Mütter ihrer eigenen Frauen herabzusetzen, nicht selbst ausgeübt haben, was sie andern predigen.

Ich glaube, es wäre eine Sünde gegen die Heiligkeit der Familie, wenn ich über die Thorheit junger Leute sprechen wollte, die sich Häuser mieten, ohne ihre Eltern, die doch mehr Erfahrung in solchen Dingen haben, zu Rate zu ziehen. Es ist leicht gesagt, es geht dich nichts an, wo dein verheirateter Sohn oder deine verheiratete Tochter wohnen, aber eine Frau, die eine große Familie aufgezogen hat, weiß, wie wichtig es ist, sich ein Haus mit offenen Augen anzusehen.

Ich möchte später 'mal meine Erfahrungen über »angenehme Villen« oder »schöne Wohnungen« schreiben, die nichts als Fallstricke für junge Eheleute sind. Es wäre eine große Wohlthat für die Allgemeinheit, wenn ich die Erfahrungen, die meine Söhne und Töchter in dieser Hinsicht gemacht haben, erzählte, denn sie könnten andern zur Warnung dienen und junge Ehepaare abhalten, sich mit solcher Uebereilung in »schöne und fein eingerichtete Häuser« zu stürzen, die häufig nichts sind, als übertünchte Gräber. Allein die Opfer ihrer eigenen Uebereilung würden mir ohne Zweifel Vorwürfe machen und behaupten, ich gäbe sie der Lächerlichkeit preis.

Die Folgen, daß mein Sohn John ein Haus mietete, das nicht zu nehmen ich ihn beschworen hatte, sind ein sehr nützlicher Beitrag zur häuslichen Geschichte, allein ich nehme fast Anstand, die Wahrheit zu erzählen, aus Besorgnis, daß man mir Vorwürfe machen könnte.

Als er mir das Haus nannte, das er zu mieten beabsichtigte, sagte ich ihm: »John, nimm dich in acht, das Haus steht auf Lehmgrund, das ist so gut, wie in einem Sumpfe. Du wirst dir Rheumatismus für den Rest deines Lebens holen, wenn du es nimmst, und wirst es bitter bereuen.«

Aber er wollte nicht hören, sondern nahm es, und es hat ihm ein hübsches Stück Geld gekostet. Von außen sah es ja sehr hübsch aus, auch waren die Zimmer schön groß. Der Besitzer hatte eine Masse neue Tapete dran gewendet, von der Sorte, die man stilvoll nennt. Na, das kennt man ja. Die Neutapezierung sollte die Feuchtigkeit der Wände verbergen. Es ist erstaunlich, wie ein bißchen hübsche Tapete und eine »altenglische« Hausthür ein junges Ehepaar, das eine Wohnung sucht, verblendet. Wenn man sie mit etwas »aus der Zeit der Königin Anna« außen und einer stilvollen Tapete im Innern ködert, dann beißen sie sicher an. Ihr solltet nur 'mal wissen, wie manche von den stilvollen Tapeten nach sechs Monaten aussehen, wenn die Stockflecken durchkommen, aber dann ist's zu spät. Das schwärmerische junge Paar hat einen siebenjährigen Mietvertrag mit Unterhaltungsverpflichtung unterzeichnet, und in der Regel haben sie nicht viel Geld zu Neutapezierungen übrig, denn das Dach verschlingt den größten Teil ihres Einkommens.

Das ist meist das letzte, was sich ein junges Ehepaar ansieht, es ist aber das erste, was ihre Aufmerksamkeit nach dem Einzug gewöhnlich in Anspruch nimmt. Ich habe »reizende Wohnungen« gesehen, deren Dach nur zu einem taugte: es ersetzte ein Duschebad im Hause.

Einer meiner Schwiegersöhne wäre, glaube ich, wirklich beinahe über eine »reizende Wohnung« verrückt geworden. Es standen einige kränkliche, hochstämmige Rosen im Vorgarten, und unter den Fenstern des Oberstocks lief ein billiger hölzerner Altan hin.

»Es sieht so malerisch aus, weißt du,« sagte er, »so stilvoll«, und trotzdem ich ihn darauf aufmerksam machte, daß das Haus tief liege, auf Lehmgrund stehe und augenscheinlich sehr übereilt gebaut worden sei, nahm er es auf langen Vertrag.

Während eines der reizenden Sommer, wo es sechs Wochen an einem Stück regnet und ein Feuer nicht nur kein Ueberfluß, sondern geradezu eine Notwendigkeit ist, zogen sie ein.

Sie hatten viel Geld für Tapeten, hohe Wandverkleidungen und gelb-grüne Vorhänge ausgegeben, und das Haus sah wirklich reizend aus, als alles fertig war. Aber es dauerte nicht lange. Die ersten Unannehmlichkeiten kamen vom Dache, und als das Wasser durch die Decken drang, an den Wänden herablief und die Tapeten sich ablösten, ließ er einen Baumeister kommen und nachsehen, woran es lag. Dieser sagte, es seien ein paar Ziegel lose, und brachte sie in

Ordnung. Ein paar Tage später kam der Regen an einer andern Stelle durch, er ließ den Mann wieder kommen und auch diese ausbessern. Als es aber immer noch durchregnete und der Schaden an Decken und Wänden immer größer wurde, geriet mein Schwiegersohn in Verzweiflung und sagte dem Baumeister, er sei ein Pfuscher, und er werde ihm seine Rechnung nicht bezahlen.

»Ich bin ganz unschuldig an der Sache,« entgegnete dieser. »Sie haben mir den Auftrag gegeben, zu flicken, und ich habe geflickt, aber ich sage Ihnen ganz offen, flicken kann hier gar nichts helfen. Das ganze Dach ist alt und zerfällt, es ist fast kein heiler Ziegel darauf. Sie müssen das ganze Dach neu decken lassen.«

Und es wurde vollständig neu gedeckt, noch ehe mein Schwiegersohn sechs Monate im Hause war. Nach Beendigung der Arbeit meinte er: »Gott sei Dank! Das wäre überstanden! Es ist eine teure Geschichte gewesen, aber nun sind wir auch in Ordnung.«

Das Dach machte ihnen allerdings keine Schwierigkeiten mehr, aber meine Tochter bekam eine böse Halsentzündung, ebenso die Dienstmädchen, und alle im Hause wurden krank und mußten sich zu Bett legen, mit Ausnahme meines Schwiegersohnes.

Der Arzt, der gerufen wurde, schüttelte den Kopf.

»Mein verehrter Herr,« sagte er, »ich fürchte, Sie werden in diesem Hause nicht gesund werden, wenn Sie die Abzugskanäle nicht vollständig umbauen lassen. Die letzte Familie, die hier gewohnt hat, war fortwährend krank. Schließlich wird es viel billiger für Sie sein, wenn Sie die Abzugskanäle gründlich herrichten lassen.«

Der arme Junge! Als er es mir erzählte, war sein Gesicht weiß vor Wut, und er sagte, wenn er dem Manne, der ihm das Haus vermietet habe, begegne, könne er sich an ihm vergreifen. Allein der Umbau der Abzugskanäle ließ sich nicht umgehen, und er schickte seine Frau und die Dienstboten fort, während die Arbeit ausgeführt wurde. Ich glaube, wenn ein Erdbeben gekommen wäre und die »angenehme Villa« verschlungen hätte, er hätte nichts dagegen gehabt.

Als die Arbeit vollendet und die Rechnung bezahlt war – und es war eine hübsche Rechnung – fühlte er sich etwas ruhiger.

»Nun, das hätten wir hinter uns,« meinte er, »jetzt ist über und unter der Erde alles in Ordnung; nun müßten die Widerwärtigkeiten wohl ein Ende haben.«

Aber sie hatten noch kein Ende. Als die Frau mit den Mädchen Mitte Oktober zurückkehrten, war die Zeit zum Heizen gekommen. Nun stellte sich heraus, daß nicht ein Schornstein im Hause war, der nicht die Geduld eines Hiob auf die Probe gestellt hätte.

Sobald irgendwo Feuer angezündet wurde, waren alle Stuben voll Rauch, und man konnte es nur im Zimmer aushalten, wenn man Thür und Fenster fortwährend weit offen hielt. Die Kamine im Wohn- und Eßzimmer waren die schlimmsten. Man mußte sich entweder ohne Feuer behelfen, oder in einem Zuge sitzen, daß einem fast der Kopf von den Schultern flog.

Ich werde nie vergessen, wie ich eines Tages 'mal zu meinen armen Kindern kam, gerade als sie im Begriff waren, sich zum zweiten Frühstück niederzusetzen. Meine Tochter hatte ihren Hut auf, eine Pelzjacke an, und eine große Reisedecke über den Knieen, und mein Schwiegersohn trug seinen Ulster und eine Reisemütze tief über die Ohren gezogen. Ich war natürlich etwas erstaunt über diesen Aufzug.

»Du meine Güte!« sagte ich, »seid ihr denn gerade im Begriff, zu verreisen?«

»Verreisen?« rief mein Schwiegersohn, »nein, so müssen wir den ganzen Tag sitzen, wenn wir heizen wollen. Das Fenster muß sperrangelweit offen stehen, sonst ersticken wir im Rauche.«

Der arme Mann! Er that sein Möglichstes, um den Schornsteinen das Rauchen abzugewöhnen. Er ließ die Roste ändern, er ließ Patentdrehhüte daraufsetzen, so daß sein Haus aussah, wie ein Dampfcirkus, und wenn man es von weitem erblickte und die großen Hüte wirbelten herum, so war es geradezu beängstigend. Allein den Rauch wurde er nie los, und schließlich gab er die Kohlenfeuerung ganz auf und ließ alles zur Gasheizung einrichten, was an sich ganz schön ist, aber für sehr gesund kann ich es nicht halten.

Meine arme Tochter war ganz gebrochen über die beständige Sorge und die großen Kosten, die die »reizende Villa« ihnen machte, und überredete ihren Mann, zu versuchen, sie in Aftermiete zu geben. Allein das ist auch leichter gesagt, als gethan. Es kamen zwar Leute und besahen sich das Haus, aber es war immer etwas nicht in Ordnung, was sie sofort bemerkten. Einmal war eine alte Dame da, die es wahrscheinlich genommen hätte, aber gerade als sie im Begriff war, sich zu entscheiden und den Namen ihres Sachwalters behufs Abschlusses des Mietvertrages zu nennen, kam das Hausmädchen ins Zimmer gestürzt.

»Ach, Madame,« rief es, »kommen Sie doch gleich 'mal herunter. Die Wand in der Küche tritt ganz nach innen, und die Köchin glaubt, das Haus wolle wegen der Feuchtigkeit einfallen.«

Die Dame unterließ es, den Namen ihres Sachwalters zu nennen, empfahl sich ziemlich eilig und versprach, zu schreiben. Das that sie auch noch am selben Abend, indem sie meinem Schwiegersohn mitteilte, sie finde nach reiflicher Ueberlegung, daß das Haus nicht für sie passe.

Schließlich ließ der Besitzer sich herbei, gegen eine dem Betrage einer zweijährigen Miete gleichkommende Entschädigung den Mietvertrag aufzuheben, und da mein Schwiegersohn in zwei Jahren mehr als tausend Pfund in das Haus gesteckt hatte, machte der Wirt gar kein schlechtes Geschäft.

Wie viele junge Paare haben ihren Ehestand mit einer »reizenden Villa« wie mit einem Mühlsteine um den Hals begonnen, und alles das nur, weil sie dem Rate erfahrener Leute nicht folgen wollten. Ich möchte 'mal den sehen, der mich mit einem »Königin-Anna-Balkon« oder einer »stilvollen« Tapete einfinge!

Ich habe darum über diese Sache gesprochen, weil die Wahl der Wohnung ihrer verheirateten Kinder sehr viel mit dem Glück und der Gemütsruhe einer Schwiegermutter zu thun hat. Dasselbe gilt von der Wahl der Dienstboten. Ein Schwiegersohn, der eine gute Köchin hat, ist Vernunftgründen viel zugänglicher, als einer, dessen Verdauung fortwährend durch schlecht zubereitete Speisen gestört ist. Junge Leute ahnen gar nicht, wie viel eine gute Köchin mit dem Glück nach der Hochzeit zu thun hat.

Wenn es sich darum handelt, Bekannten ein schönes Hochzeitsgeschenk zu machen, ist man immer in großer Verlegenheit, und viele verfallen auf denselben Gegenstand. Ich habe junge Ehepaare gekannt, die mit zehn Punschbowlen, fünfzehn Salonlampen und einer endlosen Zahl von Ofenschirmen anfingen, aber ein schönes Hochzeitsgeschenk gibt's, woran noch niemand gedacht hat: eine wirklich gute Köchin.

Ich könnte euch Beispiele erzählen, was für Unheil eine schlechte Köchin unter den Gliedern meiner eigenen Familie angerichtet hat, aber nach meinen jüngsten Erfahrungen muß ich Anstand nehmen, es zu thun. Ich muß die übergroße Empfindlichkeit meiner Schwiegersöhne und -töchter schonen, damit die Einigkeit unsres Familienkreises nicht gestört wird.

Ich habe im Verlaufe dieser Erinnerungen vieles ausgelassen, was ein helles Licht auf manche Fragen des gegenwärtigen Familienlebens werfen würde, weil ich nicht gern etwas sagen wollte, was als Bruch des Familiengeheimnisses angesehen werden könnte, allein jedes Wort, das ich geschrieben habe, ist wahr und auf wirkliche Erfahrungen gegründet. Ich habe Thatsachen berichtet, und in keinem einzigen Falle meiner Einbildung erlaubt, meine Feder zu lenken.

Dadurch habe ich ohne Zweifel die Wirkung beeinträchtigt, aber, wie ich schon ganz zu Anfang dieser Erinnerungen hervorgehoben habe, ich bin keine Schriftstellerin von Beruf. Ich bin weiter nichts, als eine Schwiegermutter, und als Schwiegermutter, die eine umfassende Erfahrung besitzt und nicht auf den Mund gefallen ist, habe ich in aller Bescheidenheit auf diesen Blättern versucht, gewisse Seiten des Familienlebens zu beleuchten, die von den Geschichtsforschern übersehen, oder von den Romanschriftstellern in einem gänzlich falschen Lichte dargestellt werden.

Mit dieser Erklärung habe ich die Ehre, zu zeichnen, als der freundlichen Leserin und des geehrten Lesers

ergebenste und gehorsamste

Jane Tressider.

Über tredition

Eigenes Buch veröffentlichen

tredition wurde 2006 in Hamburg gegründet und hat seither mehrere tausend Buchtitel veröffentlicht. Autoren veröffentlichen in wenigen leichten Schritten gedruckte Bücher, e-Books und audio-Books. tredition hat das Ziel, die beste und fairste Veröffentlichungsmöglichkeit für Autoren zu bieten.

tredition wurde mit der Erkenntnis gegründet, dass nur etwa jedes 200. bei Verlagen eingereichte Manuskript veröffentlicht wird. Dabei hat jedes Buch seinen Markt, also seine Leser. tredition sorgt dafür, dass für jedes Buch die Leserschaft auch erreicht wird.

Im einzigartigen Literatur-Netzwerk von tredition bieten zahlreiche Literatur-Partner (das sind Lektoren, Übersetzer, Hörbuchsprecher und Illustratoren) ihre Dienstleistung an, um Manuskripte zu verbessern oder die Vielfalt zu erhöhen. Autoren vereinbaren direkt mit den Literatur-Partnern die Konditionen ihrer Zusammenarbeit und partizipieren gemeinsam am Erfolg des Buches.

Das gesamte Verlagsprogramm von tredition ist bei allen stationären Buchhandlungen und Online-Buchhändlern wie z. B. Amazon erhältlich. e-Books stehen bei den führenden Online-Portalen (z. B. iBookstore von Apple oder Kindle von Amazon) zum Verkauf.

Einfach leicht ein Buch veröffentlichen: **www.tredition.de**

Eigene Buchreihe oder eigenen Verlag gründen

Seit 2009 bietet tredition sein Verlagskonzept auch als sogenanntes "White-Label" an. Das bedeutet, dass andere Unternehmen, Institutionen und Personen risikofrei und unkompliziert selbst zum Herausgeber von Büchern und Buchreihen unter eigener Marke werden können. tredition übernimmt dabei das komplette Herstellungs- und Distributionsrisiko.

Zahlreiche Zeitschriften-, Zeitungs- und Buchverlage, Universitäten, Forschungseinrichtungen u.v.m. nutzen diese Dienstleistung von tredition, um unter eigener Marke ohne Risiko Bücher zu verlegen.

Alle Informationen im Internet: **www.tredition.de/fuer-verlage**

tredition wurde mit mehreren Innovationspreisen ausgezeichnet, u. a. mit dem Webfuture Award und dem Innovationspreis der Buch Digitale.

tredition ist Mitglied im Börsenverein des Deutschen Buchhandels.

Dieses Werk elektronisch lesen

Dieses Werk ist Teil der Gutenberg-DE Edition DVD. Diese enthält das komplette Archiv des Projekt Gutenberg-DE. Die DVD ist im Internet erhältlich auf **http://gutenbergshop.abc.de**